weissbooks.w

Dorothea Razumovsky
Letzte Liebe

weissbooks.w

Letzte Liebe

Meinen Enkeln Daria, Louise, Leo, Henry, Olga, Anna, Kira, Xenia, Leonie, Maria und Sophia

»Die Tragödie des Alters besteht nicht darin, dass man alt ist, sondern dass man jung ist.«

OSCAR WILDE

»Was denn nun schon wieder?« »Tut mir echt leid, Tschuldigung, aber ich muss Sie noch mal stören.« »Kann das nicht warten? Sie sehen doch, dass ich zu tun habe.« »Ich weiß nicht, aber ich denke, wir haben da ein dringendes Problem. Die Frau Professor ist weg.« »Was heißt da weg? Sie kann doch kommen und gehen, wie sie will.« »Ja schon, aber um drei hatte sie einen Friseurtermin, und es sieht ihr gar nicht ähnlich, den zu versäumen.« »Vielleicht ist sie mit ihrem Hund unterwegs und hat den Friseur einfach vergessen.« »Das dachte ich auch, aber dann hat Frau Joschko gesagt, dass sie vorhin das Mittagessen wieder abgeholt hat. Es war nicht einmal angerührt. Sie hat sich gewundert und gedacht, der Frau geht's vielleicht nicht gut und hat ins Schlafzimmer geschaut. Das Bett war unberührt. Und da stand auch kein Geschirr vom Abend oder Frühstück rum. Sie muss schon ziemlich lang weg sein … Vielleicht ist sie ja nach Hause gegangen und hat dort übernachtet.« »Nein, das ist in ihrem Fall höchst unwahrscheinlich. Also gut, gehen wir uns das Apartment ansehen, ob wir einen Hinweis finden. Was hat sie denn angehabt?« »Keine Ahnung.« »Na, sehn wir mal nach, was fehlt. Ja, der Mantel ist nicht an seinem Platz.« »Hier, schau'n Sie mal, was ich im Papierkorb gefunden habe: ein dickes braunes Couvert, Einschreiben, vom YMCA in Hamburg, Reisedienst. Und jede Menge Prospekte von, sehen Sie selber, LB Travel, Konsultant, Luftbrücke, fast immer mit dieser komischen russischen Schrift. Können Sie die lesen?« »Seltsam. Höchst seltsam. Da müssen wir doch mal einen Blick in die Schreibtischlade werfen. Das wollte ich eigentlich nicht. Kommen Sie, wir machen das zu zweit, damit es nicht heißt, wir hätten was genommen … Briefe, Kontoauszüge, Fotos … das sieht doch alles ganz normal aus.

Halt, da ist eine Art Zeugnis von der Volkshochschule, EDV-*Kurs für Senioren, fortgeschritten. Ganz neues Datum. Haben Sie gewusst, dass die Frau Professor so was macht?« »Nee, keinen blassen Schimmer. Wie reimt sich das alles zusammen?« »Ja, wenn ich das wüsste! Koffer. Wo werden denn die Koffer aufbewahrt? »Die meisten Patienten haben gar keinen. Man bringt sie und nimmt das leere Gepäck wieder mit. Ende. Aber die Frau Professor hat ja auch ihre eigenen Möbel und so. Die Koffer müssten eigentlich ganz oben im Schrank sein … da ist aber nichts.« »Dann schauen Sie doch bitte mal unterm Bett nach.« »Ja, da isso was. Nee, das ist kein Koffer, das sieht aus wie ein Computer. Und ist auch einer. Donnerwetter, ein supermoderner Laptop, einfach Klasse. Wer hätte das gedacht?« »Können Sie damit umgehen? Mal sehen, geben Sie mal her. Aber vielleicht sollten wir doch zuerst eine Suchmeldung rausgeben. Könnten Sie das bitte machen? Kurze Beschreibung, Größe, Alter, Haarfarbe, Kleidung, soweit wir´s wissen. Und sagen Sie doch bitte gleich auf alle Fälle, dass die alte Dame verwirrt sein könnte und vielleicht die Orientierung verloren hat.« »Ach, die ist sicher längst über alle Berge. Aber vielleicht hat sie uns ja einen letzten Gruß geschrieben.« » Sähe ihr ähnlich. Ich kann das Programm so nicht öffnen. Dazu braucht man ein Codewort. Meistens nimmt man da sein Lieblingstier. Oder? Wie heißt doch gleich der kleine Hund? Und wenn sie wirklich weg ist, wo ist dann der?«*

Eins

Üben Sie, schreiben Sie einfach alles auf, was Ihnen so durch den Kopf geht, irgendwas, vielleicht ein Tagebuch. Sie werden schon sehen, wie das von Tag zu Tag besser geht, hat Frau Weißgerber gesagt. Oder hieß sie Weißbecker? Weißmüller? Mein Gott, jedenfalls irgendwas mit weiß. Die hat gut reden – für die ist alles einfach. Wenn die wüsste, wie viel Mut ich schon zusammenraffen muss, um überhaupt den Deckel aufzuklappen, das Gerät anzuschalten, das Programm zu öffnen und mit dem Tippen anzufangen. Neues Office Dokument. Dateiname, Speichern. Jetzt schon speichern? Vielleicht war das alles eine Schnapsidee.

Doch wer beschreibt meine Wut darüber, wie die mit mir umgesprungen sind? Diese unbändige, dumpfe, wilde, immer wieder zurückgestaute Wut, die doch regelmäßig kalt in mir hochsteigt und dann im Magen tobt. Die ich immer noch nicht einfach runterschlucken, verdauen und ausscheiden kann.

Wer, wenn nicht ich?

Vielleicht hilft es ja wirklich, alles aufzuschreiben. Es irgendwie los zu werden. Billiger als eine psychiatrische Behandlung ist das allemal, zumal wenn einem so ein schöner PC zur Verfügung steht wie mir.

Das war mein Haus. Und es wäre auch mein Haus geblieben, wenn ich nicht so früh nachgegeben hätte. Meine Tochter wird für dich sorgen; sie ist doch jetzt auch deine Tochter, hatte er gesagt. Es ist einfach sinnvoll, ihr jetzt schon alles zu überschreiben. Das spart Steuern, Gebühren und so, verstehst du? Ein Wohnrecht müssen wir da sicher nicht extra eintragen lassen, das versteht sich doch von selbst, nicht wahr, mein Schatz? Natürlich, Papa. Sie nickte, lächelte, die Schlange. Und er strich ihr zärtlich die gefärbten Locken aus der Stirn. Wahrscheinlich hatte er noch nicht einmal bemerkt, dass sie gar nicht mehr so unschuldig blond ist wie als Kind. Von wegen blond, von wegen unschuldig. Vielleicht erinnerte sie ihn an seine erste Frau. In deren Händen war er immer weich wie warmes Wachs gewesen, bis sie ihn mit seinem besten Freund betrog und einfach mit der Kleinen sitzen ließ.

Und dann dieses Theater der letzten Tage. Wie sie um ihn herumgeschwänzelt ist, das Biest. Papa hier, Papa da. Während all der schweren Monate hatte sie kaum Zeit für ihn gehabt. Aber je seltener sie kam, desto mehr freute er sich. Mein Sonnenschein. Mein ein und alles. Einmal hat sie sogar die Frechheit besessen, auf dem Weg ins Haus unten im Garten Rosen abzubrechen. In meinem Garten, meine Rosen. Und er hat sich dann so gefreut, der arme alte Idiot. Ich durfte eine passende Vase suchen.

Schon bald nach seinem Tod ist sie eingezogen. Zuerst ganz bescheiden in den ersten Stock. Doch dann hat es nicht lange gedauert, bis sie diesen miesen Kerl mitbrachte; ihren neuen Lebensabschnittsgefährten, wie sie selber sagt. Zunächst blieb er nur dann und wann über Nacht, doch dann erklärte sie, sie wollten jetzt zusammen ziehen. Und da müsse ich wohl das Erdgeschoss räumen. Den Salon und das Esszimmer mit der großen Glastüre zur Terrasse, so viel Raum bräuchte ich ja wohl nicht für nur eine Person. Sie würden mir sogar oben eine kleine Kochnische einbauen, ganz für mich allein. Vielleicht eine Mikrowelle für Essen auf Rädern. Sonntags könne ich ja zum Mittagessen runterkommen. An die Arthrose in meinen Knien dachte sie nicht eine Sekunde. Aber fremden Leuten erzählte sie fortwährend, wie besorgt sie um mich sei.

So fing das an. Stück für Stück wurde meine Bewegungsfreiheit eingeschränkt. Das kannst du nicht mehr, das sollst du nicht mehr, das brauchst du nicht mehr … Die Gardinen waschen? Wozu? Für das bisschen Restlebenszeit? Noch eine Tasse Tee? Nein, das war längst genug für dich, sonst schläfst du nicht und tappst die ganze Nacht über unseren Köpfen rum. Wie den letzten Trottel hat sie mich behandelt. Aber immer lächelnd, das war ja die Gemeinheit. Jeder einzelne Schritt wurde zum Zeichen zartfühlender Rücksichtnahme erklärt. Dass ich niemals zum Essen runter ging, versteht sich wohl von selbst. Ich hätte das nicht ausgehalten, mir die Bissen in den Mund zählen zu lassen. Der Knoblauchgestank aus ihrer – aus meiner – Küche hat mir gereicht. Manchmal schlich ich ins Treppenhaus und riss das Fenster auf.

Ich hatte ja keine Ahnung, dass das erst der Anfang war. Irgendwann verfiel das süße Paar auf die infame Idee, mir einzureden, ich sei gaga. Es stimmt schon, dass ich manchmal runterging und unten nicht mehr recht wusste, was ich eigentlich dort wollte. Manchmal ließ ich auch die Herdplatte an. Einmal hat sie mich dabei erwischt. Sie hat sofort eine Riesenszene aufgezogen, wie gefährlich das sei, ihr ganzes Haus könne abbrennen, Ihr Haus, mon cul! Und als sie ihr Telefon in meinem Kühlschrank fand … Wie kam sie überhaupt darauf, es dort zu suchen?

Dazu immer Ärger wegen dem Hund! Wegen des Hundes? Aber ja, Frau Weißflug, Sie haben schon recht: Man sollte nicht zu schlampen anfangen, bloß weil man nicht mehr mit Tinte, sondern mit dem Computer schreibt. Aber achten Sie doch mal auf so was in den Zeitungen. Warum schicken Sie denen eigentlich nicht ständig Leserbriefe? Das würde zu Ihnen passen. Es ist doch eine einzige Katastrophe, was man da manchmal lesen muss. Mit der neuen Rechtschreibung habe allerdings auch ich meine Probleme. Zum Glück gibt es diese roten Kringelstriche unter falsch geschriebenen Wörtern. Aber manchmal ist das greulich, einfach greulich. Das soll jetzt falsch sein? Gräulich kommt doch nicht von grau.

987, 986, 985, 984 … Rückwärts zählen – jeden Morgen probiere ich erst einmal, ob das noch geht. Das ist angeblich ein guter Alzheimer-Test. Oder Zahlen aufschreiben. Neunhundertsiebenundachtzig, neunhundertsechsundachtzig … Und Uhren malen. Ein rundes Ziffernblatt, oben die zwölf, unten die sechs, zwei Zeiger usw. – kein Problem. Aber vielleicht finde nur ich, dass meine Uhr richtig aussieht, vielleicht bilde ich mir das nur ein. Ich bilde mir ein Bild ein. Einbildung? Das bildest du dir doch nur ein, sagte sie oft zu mir, die eingebildete Gans.

Doch wo war ich stehengeblieben? Ja, der Hund. Mal war er zu laut – der kläfft ja den ganzen Tag –, mal zu schmutzig – was für einen Dreck der ins Haus schleppt! Ich sollte ihm nach jedem Spaziergang die Pfoten abwischen, obwohl zweimal die Woche eine Putzfrau kam und mir das Bücken so schwer fiel.

Der Junge war da schon eine große Hilfe. Anfangs kam er nur manchmal, aber dann hatten wir bald einen festen Zeitplan ausgemacht. Immer nach der Schule, so gegen zwei, klingelte er an der Haustür und ging dann eine ganze Stunde lang mit Cora Gassi. Bis das Biest einmal Grippe hatte und im Bett blieb statt zur Arbeit zu gehen – sicher war es nur eine ganz gewöhnliche Erkältung, aber bei ihr musste das immer gleich ein Drama sein –, und das Läuten sie beim Mittagsschlaf störte. Mein Gott, hat sie getobt. Also habe ich für Waldemar einen Schlüssel nachmachen lassen. Das hat sie lange nicht gemerkt, aber als sie drauf kam, ist sie vollends ausgerastet: Du kannst doch nicht einfach diesen dahergelaufenen Lümmel bei uns ein und aus gehen lassen. Das ist doch komplett unverantwortlich!

Hinter meinem Rücken hat sie einen Facharzt bestellt, der mich untersuchen sollte. Sie wollte mich entmündigen lassen. Irgendjemand hat ihr dann wohl gesagt, dass das so einfach nicht mehr geht, sondern dass ein Gericht auf der Basis eines medizinischen Gutachtens einen Betreuer bestimmen muss, der alles in die Hand nimmt. Auch mein Geld. Und als Betreuerin wollte sie sich einsetzen lassen; nähere Verwandte habe ich ja nicht.

So weit durfte es nicht kommen.

Zwei

Darum bin ich hier.

Um einen winzigen Rest von Freiheit und Selbstbestimmung zu retten, musste ich mich in die Zwänge und Abhängigkeiten dieses Seniorenstifts fügen. Nicht wahr, mein alter Silen, du wärst begeistert gewesen über diesen wahrhaft dialektischen Prozess. Oder hättest du meine Situation schlicht als Paradoxon bezeichnet?

Nun bist du schon fast drei Jahre tot, aber noch immer weiß ich nicht, wie ich ohne dich leben, ohne dich denken soll. Die Gedanken sind frei, ein schönes Lied, aber von der Wahrheit weit entfernt. Unablässig spuken deine Ideen in meinem Kopf herum. Sie beherrschen ihn fast ganz. Obwohl ich dich immer wieder beiseite schieben möchte, um endlich ich selbst zu sein – du lebst in mir fort. Und meine Gedanken, die im Austausch bei dir blieben, wurden sie mit dir begraben? Oder war mein Beitrag nichts? Oft weiß ich wirklich nicht, ob etwas deine Erinnerung oder meine, dein Erlebnis oder meines, ja, deine oder meine Seele ist, die mir im Magen liegt. Sie wohne in den Eingeweiden, sagten angeblich schon die alten Griechen, dort wo später für Augustin das Gedächtnis saß. Das Gedächtnis sei gleichsam der Magen der Seele, behauptete der wiederum. Vielleicht komme deshalb, wie beim Wiederkäuen die Speise aus dem Magen, das Erlebte beim Erinnern aus dem Gedächtnis wieder hervor. Ich kann mich noch fast wörtlich daran erinnern, weil ich das ganze Kapitel vom Geheimnis des Bewusstseins für unsere erkenntnistheoretische Vorlesung aus den *Bekenntnissen* abschreiben musste. Ist deine Seele nun unsterblich? Oder das, was wir in unserer Ratlosigkeit Seele nennen. Vielleicht ist das ja nur ein Strahlenbündel Energie. Was auch immer es sei, es ist nicht ganz gestorben, solange es mich gibt.

Du hättest die Reaktion deiner Tochter sehen sollen: Monatelang hatte sie alles daran gesetzt, mich in ein Altersheim abzuschieben. Aber sie hatte sich natürlich zuvor den Zugriff auf meine Rente und meine Ersparnisse sichern wollen. Und nun war ich ihr zuvorgekommen. Wir können es wirklich nicht länger verantworten, dich Tag für Tag stundenlang allein zu lassen, hatte sie wiederholt gesagt. Im Heim hättest du immer Hilfe in der Nähe, zum Beispiel wenn du mal stürzt. Da würdest du wirklich gut versorgt, viel besser, als wir das schaffen können, solange wir beide berufstätig sind. Da wärst du doch so viel besser aufgehoben. Und nicht so einsam …

Jetzt fielen ihr plötzlich lauter Wenn und Aber ein. Zum Beispiel sorgte ausgerechnet sie sich um den Hund. Wo soll denn das arme Coralein bleiben? Es hängt so an dir, und wir können unmöglich ein Haustier halten, weil wir erst abends nach Hause kommen.

Kein Kommentar meinerseits, nein, schade um jedes Wort.

Natürlich hatte ich mit der Heimleitung längst abgesprochen, dass ich Cora mitbringen durfte. Solange Sie kein echter Pflegefall sind, sondern nur in Ihrem Apartment betreut werden, ist das überhaupt kein Problem, hatte der Geschäftsführer gesagt. Später werden wir dann weiter sehen.

Später, ja was später sein würde, darüber wollte ich jetzt noch nicht nachdenken, auch mit niemandem reden; schon gar nicht mit meiner innig geliebten Stieftochter. Eigentlich merkwürdig, dass im Märchen immer die Stiefmutter die Böse ist, nie die jüngere Generation. Und wenn die nicht gestorben sind, dann leben sie auch heute noch – welch schreckliche Vorstellung. Eine Welt voller unsterblicher Ungeheuer.

Cora ist jetzt neun. So ein Schnauzer wird vielleicht 15 Jahre alt, also muss ich noch etwa sechs Jahre durchhalten. Das wären 72 Monate oder 312 Wochen, 2 190 Tage mit 52 560 Stunden. Verdammt lang. Oder kurz.

Cora hat sich hier bestens eingelebt. Besser als ich. Auch mit Waldemar klappt es weiterhin gut.

Drei

Wie ärgerlich. Es scheint überhaupt nichts zu nützen, das BITTE NICHT STÖREN-Schild an die Türklinke zu hängen, das mein Mann irgendwann einmal, sicher versehentlich, aus einem Hotel mitgenommen hat. Die Putzfrau klopft einfach kurz energisch an, und schon steht sie mit ihrem Staubsauger mitten im Zimmer. Völlig ungeniert. Ich muss wohl dem Pflegedienstleiter (wie war noch gleich sein Name?) sagen, dass das so nicht geht. Aber ich kann mir gut vorstellen, wie der jammern wird; bei den niedrigen Pflegesätzen müsse das Personal nun einmal jede Minute arbeiten, damit die Anstalt überhaupt finanzierbar sei. Er hat sich sogar Schuhe mit Kreppsohlen zugelegt, damit er die Mitarbeiterinnen auf seinen Kontrollgängen beim Faulenzen überraschen kann, sagen die Leute. Tatsächlich hab ich mit eigenen Augen gesehen, wie er durch die Gänge schleicht. Zu hören war er nicht.

Allerdings höre ich nicht mehr ganz so gut wie früher. Die Putze jedoch ist entweder völlig taub oder sie versteht kein Deutsch. Wiederholt habe ich sie gebeten, der Azalee kein Wasser zu geben, die das Biest mir mit heuchlerischem Grinsen zum Abschied auf den Tisch gestellt hatte. Aber kaum fällt ihr Blick auf die rosafarbenen Blüten, fängt sie so dämlich zu lächeln an wie manche Frauen beim Anblick eines Kinderwagens, und schon greift ihre Hand in den Topf und drückt die Erde mit den Fingerkuppen, als wolle sie Brot auf seine Frische testen.

Die Pflanze muss weg, damit ich nicht ständig an das Ekel denken muss. Vielleicht schenke ich sie der Pflegestation. Aber mit welcher Begründung? Bis jetzt bin ich überhaupt noch nie drüben gewesen, keinen einzigen Schritt. Was soll ich dort? Wenn ich diese klapprigen Vogelscheuchen mit ihren Rollatoren durch den Garten humpeln sehe, wird mir ganz elend zumute. Muss das wirklich sein, werde auch ich ganz bald in diesem Zustand herumhängen? Kann man sich denn dagegen gar nicht wehren?

Kreuzworträtsel sollen helfen. Nur ganz am Anfang, sagen die Experten. Aber viel Bewegung. Spazierengehen. Weite Strecken kann ich meinen Knien allerdings nicht mehr zumuten. Da ist es schon ein Segen, dass es Waldemar gibt. Wie kam das eigentlich, dass ich ihm begegnet bin? Ach ja, es war im Stadtpark. Cora hatte sich irgendwie in der Leine verfangen und statt sich von mir helfen zu lassen, sprang sie aufgeregt herum. Kann ich? , fragte da eine noch nicht ganz stabile Männerstimme neben mir. Ja, bitte. Mit einem Griff war das Problem gelöst. Darf ich ein bisschen mit dem Hündchen spielen? Ja, gerne. Und schon rannten die beiden davon. Bald sah ich von weitem, wie der Junge Stöckchen warf, die Cora eifrig apportierte. Mit mir hatte sie das noch nie gemacht, und doch war ich, zu meiner eigenen Überraschung, kein bisschen eifersüchtig.

Als sie schließlich zurückkamen, er hochrot im Sommersprossengesicht, Cora springlebendig wie eh und je, plumpste der Junge schnaufend neben mir auf die Bank. Darf ich? Das war jetzt wirklich nur noch eine rhetorische Frage. Er fuhr sich mit seiner schmutzigen Rechten durch das struppige rotblonde Haar und wischte mit einem Ärmel den Schweiß von der Stirn. Dann strahlte er mich aus seltsam schräg stehenden grünen Augen an. Danke, das war schön. Zu Hause haben wir viele Tiere und immer einen Hund. Zuhause, wo ist das? In Sibirien. Bist du Russe? Nein, Deutscher. Wie heißt du denn? Waldemar. Waldemar Wagner. Hast du manchmal Heimweh? – wollte ich ihn fragen. Doch ehe er antworten konnte, war er schon fort. Das war auch gut so, denn wenn man nach dem Befinden fragt, geht man immer das Risiko ein, sich stundenlange Krankengeschichten anhören zu müssen. Ganz bestimmt in dieser Umgebung.

Vier

Na, wie geht's uns denn so? Wenn die mich das noch einmal fragt, sag ich ihr, dass es mir scheißegal ist, wie es ihr geht. Haben wir heute schon Stuhlgang gehabt? Das wird ja immer besser. Woher soll ich denn wissen, ob sie mit ihrer Verdauung Probleme hat. Immerhin sagt man in diesem Haus nicht Oma zu mir. Andererseits ist man in der Verwaltung dermaßen stolz auf diese Neuerung, dass es auch schon wieder peinlich ist. Ich war nie eine Oma und werde auch nie eine Oma sein; niemandes Oma und schon gar nicht deren Oma. Gott sei Dank. Vielleicht mit einer Ausnahme.

Gespräche reduziere ich ohnedies ganz bewusst auf ein Mindestmaß. Dennoch kam vorhin eine Pflegerin eigens zu mir, um mir zu erzählen, dass gestern Abend drüben eine alte Dame gestorben sei. Bei so vielen betagten Menschen ist ein gelegentlicher Schwund doch sicher normal. Deshalb wunderte ich mich ein wenig, warum sie mit dieser Nachricht ausgerechnet zu mir kam. Da nannte sie aber auch schon den Grund: Sie lassen Ihren Hund wohl hin und wieder frei herumlaufen? Ja, warum nicht? Cora beißt niemanden, und sie findet immer wieder den Weg zurück. Gestern Abend, war sie da nicht ein bisschen lange weg? Nein, warum? Sie war noch einmal draußen wie jeden Abend. Sie war aber drüben – bei der Sterbenden. Wenn es einer Patientin so schlecht geht, dass sie die Klingel nicht mehr betätigen kann, ja, dass das Ende abzusehen ist, dann lassen wir die Türe immer angelehnt, damit jeder im Vorbeigehen mal kurz nach ihr schauen kann. Da ist Ihre Cora offenbar einfach reingeschlüpft, hat ihre Schnauze auf die Bettdecke gelegt und der Patientin in die Augen geblickt. Und die hat das offenbar überhaupt nicht gestört. Im Gegenteil, sie hat ganz konzentriert zurückgeschaut, dann gelächelt und leise geseufzt: Gelt, du verstehst mich! Ich bin zufällig dazu gekommen, und die Szene geht mir nicht aus dem Kopf. Das war richtig schön. Die Frau hat in letzter Zeit ständig geschrien, wissen Sie. Tag und Nacht. Aber plötzlich war sie ganz still, und da war ein wunderbarer Friede im Raum, eine sanfte Harmonie. Und genau so ruhig ist Frau Meier dann auch wenig später eingeschlafen.

In der Dienstbesprechung werde ich jedoch erklären müssen, warum es überhaupt möglich war, dass der Hund dort eingedrungen ist. Sie kennen sicher die Obsession unserer Leitung mit Hygiene und Qualitätsmanagement. Und was, wenn die Patientin auf Hundehaare allergisch wäre, wird garantiert jemand fragen. Ich weiß auch schon, wer. Eine Sterbende allergisch – als ob es darauf noch ankäme. Das ist einfach idiotisch, aber Vorschrift ist Vorschrift. Was soll ich denen sagen? Oder soll ich einfach gar nichts sagen? Ist Ihr Hund wenigstens ordentlich geimpft und entwurmt?

Eingeschlafen. Entschlafen. Warum sagt man das eigentlich zum Tod? Schlafes Bruder? Oder ist das nur Feigheit vor dem Feind? In meiner Lokalzeitung sind die Todesanzeigen fast immer im Sportteil zu finden. Super Leistung, das Ziel erreicht? In meiner Jugend standen derartige Meldungen, wenn ich mich recht erinnere, eher im Wirtschaftsblatt, oft zwischen anderen Nachrichten; da wurde dann etwa der Tod eines

Kaufmanns annonciert, damit Geschäftspartner und Gläubiger möglichst schnell wussten, an wen sie sich künftig zu halten hatten. Manchmal kann man aber auch heute noch sehen, wie große Firmen, Institutionen oder Parteien solche Anzeigen ungeniert zur Selbstdarstellung nutzen. Ich würde mich wirklich nicht wundern, wenn sie das aus dem Werbeetat finanzierten und von der Steuer absetzen könnten.

Vielleicht sollte ich schon einmal darüber nachdenken, wie meine Anzeige lauten soll, wenn es einmal so weit ist, damit das Biest keine Gelegenheit hat, irgendeinen Schmus zu heucheln; am Ende gar gereimt. Ein treu sorgendes Mutterherz hat aufgehört zu schlagen, unser Kummer ist bitter und kaum zu ertragen …

Aber muss das überhaupt sein? Wer wird sich schon dafür interessieren? Für die meisten Menschen war ich immer nur sein Schatten, zuerst der Zerberus in seinem Vorzimmer, dann die unnahbare Frau Professor, seine Frau.

Fünf

Mittags esse ich gewöhnlich um zwölf Uhr, und dann lege ich mich für ein, zwei Stunden hin. Zunächst lese ich, manchmal schlafe ich darüber ein. Bisweilen kommt es vor, dass ich in Gedanken weiter lese und nicht mehr unterscheiden kann, ob das noch das Buch ist oder schon ein Traum. Erst wenn ich zur Lektüre zurückgekehrt bin, merke ich dann, dass die Erzählung in Wirklichkeit einen völlig anderen Verlauf genommen hat als in meinem Kopf. In Wirklichkeit? Gerade so, wie wenn man in grellem Licht die Augen schließt und doch immer noch ganz deutlich die Helligkeit wahrnimmt, nur irgendwie zerstreut, in Flecken, Strahlen oder Streifen. Ist Literatur nicht eigentlich wie eine Glühbirne, die erst der Leser mit seiner Spannung zum Leuchten bringt?

Früher pflegte ich um die Mittagszeit fast bei jedem Wetter einen langen Spaziergang mit Cora zu unternehmen. Als die Arthrose mich schon stark behinderte, schaffte ich mir ein Elektrowägelchen an und ließ vorne an der Lenkung einen kleinen Korb anbringen, in dem Cora sitzen kann, zur Sicherheit im Straßenverkehr. Wir fuhren fast immer zum Stadtpark hinunter, wo ich sie dann frei laufen ließ.

Unter einer alten Eiche, deren Stamm irgendwelche, vermutlich jugendliche, Vandalen mit unanständigen Schmierereien versaut haben, steht dort eine Bank, auf der ich mich gerne niederlasse, denn das Wägelchen ist nicht allzu bequem, und von dieser Position aus hat man einen ungehinderten Überblick über einen Großteil des kleinen Parks. Manchmal ist die Bank schon besetzt. Was heißt da: die Bank? Diese Hooligans hocken meist nicht wie normale Menschen auf der Sitzfläche, sondern wie Affen auf der Rückenlehne, und sie haben ihre dreckigen Turnschuhe genau dort stehen, wo unsereins gern sitzen möchte. Das muss mir mal einer erklären, warum die jungen Leute das tun. Kommen sie sich da oben irgendwie überlegen vor? Haben sie sonst nichts, womit sie sich beweisen könnten? Ich kann mir nicht helfen – mich packt jedes Mal ein gewaltiger Zorn, wenn ich die Lümmel da so herumhängen sehe.

Überhaupt ärgere ich mich mit zunehmendem Alter immer häufiger und mehr. Wo bleibt die weise greise Gelassenheit, die Dinge einfach so zu nehmen, wie sie nun einmal sind? All den Abfall, der achtlos auf die Wege geworfen wird, die zerschlagenen Flaschen, die Plastikbeutel, die allmählich verrostenden Bierdeckel, die langsam verrottenden Hundehaufen … Hinter Cora muss ich ja nichts wegräumen, weil sie sich mit ihrem großen Geschäft immer brav in die Büsche verkriecht. Aber all diese Schäferhunde, Collies, Huskies und Retriever, was die hinterlassen, ist eine einzige riesige stinkige Schweinerei.

Da lümmelten sie einmal wieder, diese sinnlosen Kreaturen, auf meiner Bank. Aber diesmal schoss plötzlich Cora auf die Gruppe zu, hüpfte freudig schwanzwedelnd an den Hosenbeinen einer der Gestalten empor und kam auch nicht zurück, obwohl ich pfiff. Der Junge sprang gleichfalls auf, packte sie mit beiden Händen und hob sie hoch. Dann ließ er sie vorsichtig zu Boden gleiten, ergriff einen kleinen Ast und schleuderte ihn in meine Richtung. Los, Hundchen, lauf zu Frauchen, rief er mit seiner krächzenden Stimme. Doch Cora schnappte das Stöckchen und trug es brav zu ihm zurück. Na Waldi, die Hunde mögen dich, was, du Wauwau? rief einer der anderen, die ich für seine Kameraden hielt. Waldemar – natürlich war das Waldemar – ballte die Fäuste und wurde tiefrot. Als ich schon anfing, mir Gedanken zu machen, dass die Szene ausarten könnte, ergriff einer der Jungen tatsächlich eine leere Flasche, zerschlug sie am Rand des Metallkorbs neben der Bank, hob den Flaschenhals drohend in die Höhe, ließ ihn dann aber doch lässig neben den Abfallbehälter plumpsen, drehte sich um und rief: Kommt, Alta, wir gehen!

Waldemar wischte mit einem Ärmel seiner olivgrünen Militärjacke das andere Ende der Bank etwas sauber und deutete mit schwungvoller Gebärde an, dass ich dort bitte Platz nehmen möge, ganz als wäre er der Hausherr und ich sein Gast. Dann spielte er wieder mit dem Hund. Wie alt bist du eigentlich, Waldemar, fragte ich ihn, als er sich, diesmal ohne zu fragen, neben mir niederließ. 15, bald 16, sagte er. Darf ich da überhaupt noch du zu dir sagen? Na klaro. Aber bitte sagen Sie nicht Waldemar, sondern Wowa zu mir. So heiße ich zu Hause. Gerne, Wowa. Erzähl mir von deinem Zuhause. Ihr habt dort viele Tiere, sagtest du neulich, ja? Ja, vor allem Kühe. Aber auch Ziegen, Hühner, Enten.

Eigentlich gehört nur eine Kuh wirklich uns. Früh morgens werden die Tiere zuerst gemolken und dann auf die Gemeinschaftsweide rausgetrieben. Alle zusammen. Das sind sehr viele Kühe, müssen Sie wissen, denn das ist ein riesiger Kolchos, und außer den Genossenschaftskühen gibt es auch noch die privaten, wie unsere Korova. Um die Mittagszeit fahren wir alle raus, um ein zweites Mal zu melken. Ich habe ein altes Moped, eigentlich mehr ein Fahrrad mit Motor, das hat vorne so ein Gestell, ganz ähnlich wie Ihr Körbchen, da stelle ich die Milchkanne rein. Und dann sause ich los. Das ist so wunderschön, so etwas Schönes gibt es hier nicht. Man fährt und fährt und sieht kein Ende, nur eine riesige gewölbte Fläche von einem bis zum anderen Ende der Welt, nein eigentlich gibt es gar kein Ende, vom Horizont bis zum Horizont, aber nicht geradeaus, sondern rundum; ach, ich weiß wirklich nicht, wie ich das beschreiben soll. Auch der Himmel ist unendlich weit. Das sollten Sie einmal erleben, wenn dort im Altai der Vollmond aufsteigt und gleichzeitig die Sonne runterspaziert, dieses wunderbare Farbenspiel, Silber und Gold. Und dazwischen unsere roten Kühe …

Ich schloss die Augen, um das Bild nicht zu sehen, doch je fester ich sie zudrückte, desto deutlicher sah ich diese grenzenlose schimmernde flimmernde Hochebene vor mir, von der mein Vater in seinen letzten Feldpostbriefen geschwärmt hatte. Jetzt bloß nicht auch noch sentimental werden, dumme Gans – das hätte grade noch gefehlt.

Ich musste unbedingt das Thema wechseln. Sag mal, Wowa, du magst doch meinen Hund. Willst du nicht vielleicht gerne regelmäßig mit Cora spazieren gehen? Mit dir hätte sie sehr viel mehr Bewegung, das täte ihr gut. Ich kann dir ein wenig Taschengeld dafür geben; nicht viel, aber sagen wir einmal dreißig Euro im Monat. Was sagst du dazu? Wow, hammergeil. Ich meine voll cool, ja das würde mir echt Freude machen. OK, ich mach das wirklich gerne. Wenn es passt, gleich nach der Schule, so gegen zwei.

Sechs

Was denen eingefallen war, mir zu Weihnachten eine Mitgliedschaft bei der Online-Partneragentur *parship.de* zu schenken, weiß der Kuckuck. Fragen wollte ich sie ganz sicher nicht. Ich konnte mir ohnedies ihre Antwort denken: Das war doch wirklich gut gemeint! Eigentlich hätten sie aber wissen müssen, dass ich erstens keinen Computer besaß und zweitens schon gar keinen Zugang zum Internet. Vielleicht wollten Sie mir damit nur zeigen, dass sie entdeckt hatten, dass ich schon seit September einen EDV-Kurs für Senioren in der Volkshochschule besuchte. Das ging sie natürlich überhaupt nichts an. Vielleicht sollte ihr Geschenk aber auch ein Wink mit dem Zaunpfahl sein, dass ich mich schleunigst nach einem neuen Partner umzusehen hätte, um ihnen nicht länger im Wege zu stehen. Ein Mann mit Haus oder großer Wohnung, möglichst weit weg in einer anderen Stadt, das wäre für sie wohl die Lösung aller Probleme.

Nach einigen Jahren Ehe sucht man jedoch nicht automatisch einen neuen Partner, schon gar nicht, wenn das Zusammenleben wie bei uns ohne jede Romantik war. Nüchterner wäre es wohl kaum möglich gewesen. Als der Chef damals abends im Büro stammelnd um meine Hand anhielt, fehlte eigentlich nur noch die Nudel auf der Backe, um ihn vollends lächerlich dastehen zu lassen, ihn, der sonst immer so umwerfend sicher auftrat. Beinahe hätte ich ihm ins Gesicht gelacht. Doch dann riss ich mich zusammen und überschlug das Angebot: Er braucht dich wirklich an seiner Seite, er kennt deinen Arbeitseifer und deine Verlässlichkeit. Er ist ehrlich, wenn er sagt, dass er dich schätzt, vielleicht sogar verehrt. Nur verliebt ist er natürlich nicht in dich. Er braucht eine Frau, die das Kind und den Haushalt versorgt, die gelegentlich seine Gäste bewirtet, ihm den Rücken freihält, die ihn unterstützt und seine Arbeit ohne viele Worte versteht. Und vielleicht hätte er auch ganz gerne eine jüngere, feschere Sekretärin, die mit einem Computer umgehen kann, in seinem Vorzimmer, ohne auf meine langjährige Erfahrung ganz und gar verzichten zu müssen …

Und ich? Für mich bedeutet das eine gut honorierte Dauerstellung mit Kündigungsschutz in gehobener sozialer Position an der Seite eines Mannes, den ich seit Jahren bewundere. Dazu eine solide Altersversorgung und eine imposante Villa mit einem großen Grundstück drum herum, aus dem sich ein traumafter Garten gestalten ließe. Ja, das war schon seit Jahren mein Traum.

Natürlich habe ich ihn ein wenig zappeln lassen – schließlich weiß ich ja, was sich für eine Dame schickt –, doch dann willigte ich ein.

Geheiratet wurde auf dem städtischen Standesamt, zwei seiner Kollegen waren Trauzeugen, dann speisten wir in einem guten Restaurant, wo die Kleine mich erst argwöhnisch beäugte, obwohl sie mich seit Jahren kennt, und dann eine völlig unnötige Szene machte, weil sie Austern eklig fand. Ich winkte einen Kellner heran und bat ihn, ihr Pommes mit Mayo zu bringen, doch auch die rührte sie kaum an. Das Friedensangebot war wohl zu plump, für einen Waffenstillstand war es wohl noch zu früh, dachte ich damals, nicht ahnend, dass sie es nie akzeptieren würde, ihren Vater mit mir zu teilen. Nach dem Essen spazierten wir kurz durch den Park – irgendwer hat sogar ein Foto gemacht –, nahmen in seinem Stammcafé schnell noch einen Espresso ein, dann brachte er uns, seine Damen, wie er sagte, nach Hause, hob sein bereit stehendes Gepäck in den Kofferraum des Mercedes, winkte kurz und fuhr davon. Zum Flughafen. Ach natürlich, wie hatte ich das nur vergessen können, er musste ja zu seinem Kongress nach Lund.

Obwohl ich keinerlei Veranlassung gehabt hätte, etwas anderes zu erwarten, war ich doch verletzt. Die schönen Freilandrosen, die Gärtner Schmidt noch am selben Abend ablieferte – er hatte es sich nicht nehmen lassen, der neuen Frau Professor persönlich zu gratulieren –, machten die Sache nicht wirklich gut. Dass das keine Traumhochzeit werden würde, hatte ich gewusst; schließlich war ich nicht mehr zwanzig, keine liebliche Braut in Weiß. Und physisch war ich überhaupt nicht sein Typ. Wer, wenn nicht ich, wusste auf den ersten Blick, ob eine Studentin oder ein Student Chancen hatte auf ein Privatissimum? Doch ein klein wenig mehr Gefühlsduselei hätte mir schon gut getan. Die Kleine stand feixend auf dem Treppenabsatz, streckte mir die Zunge raus, rannte in ihr Zimmer, knallte die Tür zu und schloss sie ab.

Aller Anfang ist schwer, wie man so sagt. Aber eines musste man dem Chef lassen – er hatte Stil. Solange er lebte, verging kein Hochzeitstag ohne herrliche Rosen, nur selber überreicht hat er sie mir nie. Es war vermutlich ein Dauerauftrag; für Geschenke fehlte ihm jede Phantasie. Die Kleine bekam ihre Barbie-Puppen, die ich jeweils besorgen musste, für mich lag unter jedem Weihnachtsbaum ein funkelnagelneuer Staubsauger, beste Qualität. Und er selber öffnete auch noch so liebevoll verzierte Päckchen nur auf Zureden und Tage danach.

Sieben

Der Morgen sei klüger als der Abend, sagt Wowa jedes Mal, wenn ich mich aufrege, weil ich irgendetwas nicht finden kann oder mir etwas nicht gelingen will. Er gebraucht überhaupt die seltsamsten Redensarten, dieser Junge, wie ein alter Mann. Gleichzeitig spricht er den primitiven Jugendslang seiner Schulkameraden – eine sonderbare Mischung. Als ich ihn einmal fragte, wie es ihm denn gehe, wie man halt so fragt, ohne wirklich eine Antwort zu erwarten, erklärte er lässig, äh, man, in Brennnesseln schlägt der Blitz nicht ein, womit er vermutlich meinte, Unkraut vergehe nicht. (Schreibt man jetzt Brennnesseln wirklich mit drei »n«? Das ist doch der helle Wahnsinn!)

Der Morgen mag ja klüger sein, aber ich war am Morgen genau so dumm wie tags zuvor. Da musste ich auf irgendeine falsche Taste gedrückt oder das Programm runter gefahren haben, ohne den Text vorher abzuspeichern. Wie auch immer, was ich gestern geschrieben habe, ist fort, einfach fort. Nun muss ich auf Wowa warten, der behauptet hat, so ein Fehler sei leicht zu beheben. Einfach wiederherstellen, hatte er gesagt, aber dafür kann ich ebenso einfach keine Taste finden. Für derartige Hilfen gebe ich dem Jungen natürlich immer etwas Geld. Was er denn damit mache, habe ich ihn anderntags gefragt, obwohl mir auch das im Grunde gleichgültig war. Er spare für etwas ganz Großes, hat er gesagt, für einen Traum, womit er sicher ein neues Moped meint.

Beim Umzug war Wowa eine große Hilfe. Es war außerordentlich schwer für mich, zu entscheiden, was ich mitnehmen, was dalassen und was ich vernichten sollte, damit es nicht sofort oder gleich nach meinem Tod in falsche Hände geriete. Vor allem Briefe waren ein Problem. Stundenlang saß ich über der verschließbaren Lade, in der ich meine Korrespondenz bisher aufbewahrt hatte; immer wieder las ich mich fest, und wenn ich mich schließlich entschloss, ein Papier in den Reißwolf zu schieben, den ich mir beim Institut ausgeliehen hatte, dann war das manchmal als zerrisse etwas in mir – vielleicht eine Faser jenes Stricks, mit dem ich noch immer an mein bisheriges Leben angebunden war. Bisweilen stellte sich Wehmut ein. Ja, es tat manchmal wirklich weh, und es kostete Mut.

Jetzt bloß kein Selbstmitleid! Bei diesem Kleinkram konnte Wowa mir natürlich ohnedies nur wenig oder gar nicht helfen. Aber das sonstige Gerümpel trug er unermüdlich aus dem Haus und zum Müll oder zum Sperrmüll. Als er den Schrank mit den Staubsaugern öffnete, die da zum Teil noch in ihrer Originalverpackung aufeinander gestapelt lagen, gluckste der Junge ganz entzückt: Die verkauf ich auf dem Wochenmarkt – natürlich wenn ich darf. Selbstverständlich darfst du das, und die Hälfte der Einnahmen ist für dich. Er strahlte.

Die Umzugsfirma hatte schon im Vorhinein Kartons geliefert, die wir nur auseinanderfalten mussten. Auf den Schachteln stand das fröhliche Logo Umzugstag ist Feiertag. Natürlich habe ich mich über diese Verarsche, wie Wowa so etwas nennen würde, geärgert, doch als die Sachen abgeholt wurden, konnte ich nur staunen, wie glatt alles ging. Den geliebten Lebensgefährten meiner Stieftochter traf ich vor der Haustür mit großem Gepäck. Für einen ganzen Monat müsse er dienstlich nach Singapur, sagte er und wünschte mir – in seinen Gedanken vermutlich längst weit fort – doch tatsächlich alles Gute auf meinem weiteren Lebensweg. Auf meinem weiteren Lebensweg?

An seiner Schulter hing die schwarze Nylontasche mit seinem alten kleinen Notebook. Den fabelhaften neuen Pentium 4 Prozessor, der erst gestern geliefert worden war, als ich allein zu Hause war, hat er wohl noch nicht fertig eingerichtet, dachte ich. Oder er ist ihm für die Reise zu schwer.

Als alles gepackt und verladen war, schickte ich Wowa für die Leute Pizza holen, weil ich jetzt unbedingt allein sein musste – denn ich hatte da eine Idee. Ich ging noch einmal ins Haus zurück.

Acht

Hinter dem Hauptgebäude der Pflegestation gibt es einen Garten, der ungewöhnlich angelegt ist. Als er mir bei meiner ersten Besichtigung im vergangenen Sommer kurz gezeigt wurde, verstand ich noch gar nicht, was das Besondere an ihm ist. Taktvollerweise hatte man mir das damals nicht erklärt. Ein Kiesweg führt dort im weiten Bogen den nur leicht abschüssigen Hang hinab und mäandert anschließend in einer gewundenen Schleife zum Ausgangspunkt zurück. Am Wegesrand sind ganz verschiedene Attraktionen aufgebaut. Mal hängt ein Glockenspiel im Baum, mal steht da eine Vogeltränke auf halber Höhe, mal arbeitet eine Rotte von Gartenzwergen emsig an einem kleinen Beet, mal wächst da ein Baum, mal ein Busch. Dazwischen sind in kleinen Gruppen Stauden gepflanzt und Plastiksessel aufgestellt. Am unteren Ende des Wegs, der in Wahrheit gar kein Ende hat, befindet sich ein ganz normales Bushalteschild mit einer Bank. Dort werden stark verwirrte Patienten, wenn sie vom Spaziergang erschöpft sind und nach Hause wollen, regelmäßig wieder abgeholt. Das habe ich allerdings erst heute entdeckt.

Denn auf dieser Bank saß eine weißhaarige Dame in einem weinroten Lodencape, das sie verkehrt herum angezogen hatte, und kramte eifrig in ihrem Portemonnaie. Können Sie mir bitte helfen, fragte sie stockend, als sie mich vorbeigehen sah. Ich finde meine Fahrkarte nicht. Mein Gott, dachte ich, wie peinlich, was soll ich denn jetzt bloß tun? Ich blickte verstohlen in ihre leere Geldbörse, griff dann in meine Jackentasche, ertastete aber nur ein Tempotuch. Gerade wollte ich einfach weiter gehen, so tun, als hätte ich sie nicht gehört, da kam mir ein ganz verrückter Einfall. Das ist heute kein Problem, erklärte ich ernst, heute ist nämlich Feiertag, und da fahren wir umsonst. Als ich die Freude und Erleichterung sah, die diese kleine Lüge auslöste, fühlte ich mich nicht mehr gar so schlecht. Vielleicht sogar ein bisschen gut.

Na, das ging doch, dachte ich gleichfalls erleichtert. Ein loser Kontakt zu diesen alten Heiminsassen, von denen ich mich bis jetzt so strikt ferngehalten habe, müsste eigentlich kaum anders sein als der zu den Nachbarn in meiner früheren Umgebung. Man grüßt einander, tauscht ein paar höfliche Floskeln aus und geht dann weiter seines Wegs. Warum bin ich überhaupt in den Garten gegangen, wenn ich das nicht will? Es war die Frühlingsluft, die milde Sonne, die mich aus meinem Apartment herausgelockt hatten. Es riecht Frühling, hatte Wowa schon gestern gesagt. Und da wollte ich denn doch sehen, ob es schon Schneeglöckchen oder Krokusse gibt. Mein Garten, mein eigener Garten fehlt mir schon sehr.

Wer A sagt, muss auch B sagen, das habe ich jetzt davon. Hat nicht längst ein kluger Mensch bemerkt, dass vielleicht schon A ein Fehler war? Ich muss unbedingt Wowa fragen, ob ihm auch dazu ein schönes Sprichwort einfällt. Wowa hin, Wowa her, warum ist dieser Junge für mich so wichtig geworden, obwohl ich überhaupt nichts von ihm weiß? Schlimmer noch: Ich bin ausdrücklich vor ihm gewarnt worden. Er hat offenbar einen miserablen Ruf. Wann immer es in der Schule Ärger gibt, ist Waldemar involviert, sagte meine Ärztin, deren Tochter in die Parallelklasse geht, als sie ihn neulich zufällig mit Cora weggehen sah. Unlängst habe er in der großen Pause eine Pistole aus der Tasche gezogen und damit geprahlt. Der Junge ist gefährlich – und für Moneten tut der alles, absolut alles. Bitte passen Sie auf!

Leider musste ich mir eingestehen, dass mir sein ungewöhnliches Interesse an Geld auch längst aufgefallen war. Auch hatte ich festgestellt, dass er mein Taschentelefon benutzte, sobald ich außer Hörweite war. Einmal hat mir da eine Lisa eine SMS mit der Frage geschickt, von welchem Handy aus er ihr denn geschrieben habe. Ich hatte Mühe, ihren Text zu entziffern, weil er aus lauter Abkürzungen bestand. Zum Schluss c u (:-. lol.

Wenn der gestirnte Himmel über ihm in seiner Heimat ein ganz anderer, ein viel weiterer war, warum sollte das moralische Gesetz in ihm dann nicht auch in völlig anderen Koordinaten verankert sein als das unsrige hier bei uns? Unsere Enge des Privateigentums gegenüber der Weite seines Kollektivs? Nicht wahr, mein Silen, diese Frage hätte dich brennend interessiert. Leider hättest du sie aber nicht mit dem einzigen Menschen, der deine Handschrift lesen konnte und der dich wirklich verstand, nämlich mit mir, diskutiert, sondern nur mit deinen dämlichen Schülerinnen und Jüngern, die deinen Redefluss nie zu unterbrechen wagten. Du hättest geredet und geredet und unzählige Fragen gestellt, um sie dann jeweils gleich selber zu beantworten. An mir wäre es dann wie immer gewesen, deine langwierigen Ausführungen vom Tonband abzutippen. Damit ja kein Wort verloren ging, nahmen wir alle deine Reden auf. Daraus machten wir dann ein Buch.

Wie gut, dass ich Kants Werke bei der kleinen Auswahl von Büchern, die ich in diesen beengten Verhältnissen unterbringen kann, mitgenommen habe. Die dumme Gans hat ganz bestimmt noch nicht gemerkt, dass seine Bibliothek nicht mehr ganz vollständig ist, denn für die Arbeit ihres Vaters hat sie sich nie wirklich interessiert. Wo steht das noch gleich? Natürlich in der praktischen Vernunft. Da, ich hab's: Handle nur nach derjenigen Maxime, durch die du zugleich wollen kannst, dass sie allgemeines Gesetz werde. Das soll doch wohl heißen, dass jede Handlung verboten ist, von der man nicht will, dass alle sie tun. Was du nicht willst, das man dir tu, das füg auch keinem andern zu. Na klar. Aber ist Kant denn ein Gott?

Wenn da, wo mein Wowa herkommt, alle so handeln wie er, was dann? Wenn er hier bei uns leben will, dann muss er auch unsere Regeln befolgen und sich an unsere Gesetze halten, sagt nicht nur die Frau Doktor. Wenn er hier leben will. Aber will er das überhaupt? Hat ihn je irgendjemand gefragt, was er will?

Man nennt einen Menschen böse nicht darum, weil er Handlungen ausübt, welche böse sind, sondern weil diese so beschaffen sind, dass sie auf böse Maximen an ihm schließen lassen. Das kann ich nicht. Nein, ich kann nicht schlecht von Wowa denken. Gerade ich kann das nicht.

Neun

Gestern bin ich überhaupt nicht zum Schreiben gekommen, weil ich immer wieder gestört wurde. Schon am frühen Morgen weckte mich ein unheimlich kratzendes und schabendes Geräusch am Fenster. Einbrecher im Altenheim – das wär doch mal was. Es war aber nur der Hausmeister, der wilden Wein von der Außenwand entfernte, der in die Fenster und unter den Dachkennel zu kriechen begonnen hatte. Ich hatte mich über das ausgerechnet über meinem Eingang immer wieder heftig herunterplatschende Regenwasser beschwert. Kaum hatte er diese Arbeit beendet, klopfte der Mann auch schon an meine Tür, um hereingelassen zu werden, obwohl ich ihm bedeutete, dass ich noch nicht richtig angezogen sei. Wenn nicht sofort, dann habe er keine Zeit mehr für meine Sonderwünsche, maulte er. Er mag mich ohnedies nicht leiden, weil der Hund ihm angeblich Arbeit macht. Also ließ ich ihn herein. Er hatte Hammer und Nägel mitgebracht, mit denen er alsbald so lieb- wie lustlos meinen schönen alten Kelim an der Badezimmertür befestigte.

Wenigstens war jetzt endlich dieser schreckliche Spiegel verdeckt. Es war mir einfach unerträglich, in ihm meinen schlaffen Hals, meine hängenden Brüste, die Orangenhaut meiner Schenkel und die violetten Besenreißer an meinen Beinen sehen zu müssen, wann immer ich eine Dusche genommen hatte. Gewiss, ich war nie eine Schönheit gewesen, aber was die Anziehungskraft der Erde in all diesen Jahren meinem Körper angetan hat, das habe ich wirklich nicht verdient. Entsetzt dachte ich an jene Tante zurück, die vor Urzeiten als Übernachtungsgast im Haus meiner Mutter einmal das Badezimmer abzuschließen vergessen hatte, so dass ich sie zufällig in genau diesem Zustand vor dem Waschbecken stehen sah. Nie im Leben wollte ich so alt und faltig, so grässlich hässlich werden wie sie. Die Erfüllung nicht nur dieses harmlosen Wunsches blieb mir versagt. Ich sah jetzt genau so aus wie sie.

Der Wunsch, den Spiegel verdecken zu lassen, schien mir völlig legitim und normal. Doch Frau Joschko, die Betreuerin, der gegenüber ich ihn äußerte, als sie ihre Runde drehte, blickte mich fragend an. Dann nickte sie bedächtig, zog einen Kugelschreiber aus der Tasche und malte in ihr Protokoll ein großes A. Was soll das bedeuten, fragte ich erstaunt. So schnell fiel ihr keine Ausrede ein, also blieb ihr nichts anderes übrig, als mir verlegen stammelnd zu antworten: Ach, wissen Sie, wir haben solche Spiegel in fast allen Zimmern. Sie lassen die Räume größer und heller erscheinen, und es trägt ganz erheblich zur Ordnung bei, wenn unsere Gäste und Patienten sehen können, wie ihr Raum auf andere wirkt. Aber manche von ihnen ertragen den Anblick nicht, weil sie sich nicht mehr selbst erkennen können. Sie halten sich für viel jünger, als sie wirklich sind, denn ihr Kurzzeitgedächtnis funktioniert nicht mehr. Sie fühlen sich wie junge Erwachsene. Und so erschrecken sie vor dem vermeintlich fremden Greis, der da plötzlich vor ihnen steht. Ja, das A steht hier für Alzheimer. Aber sehen Sie, ich setze daneben ein Fragezeichen. Denn noch ist die Diagnose ja nicht abgeklärt, seien Sie unbesorgt.

Unbesorgt, ist die verrückt? Sie sah mich mit ihren eisblauen Augen gerade so mitleidig lächelnd an wie meine Stieftochter in vergleichbaren Situationen. Ob sie mit der wohl unter einer Decke steckt? Oder bin ich wirklich dabei, meinen Verstand zu verlieren? Erst vorgestern habe ich beim Überqueren der Straße das grüne Männlein angestarrt und erst bei Rot gemerkt, dass ich längst hätte gehen können. Aber in diesem Spiegel hatte mich doch ganz eindeutig nicht das Abbild einer Fremden, sondern mein leider unleugbar eigener Zustand erschreckt. Mein Verfall.

Tags zuvor war ich in die Stadt gegangen, um ein kleines Geschenk für Wowa zu kaufen, der gestern Geburtstag hatte. Womit kann man einen jungen Mann erfreuen, der alles braucht und auch wieder nichts? In welchen Laden gehe ich da überhaupt? In der Drogerie bat ich schließlich eine Verkäuferin, die der deutschen Sprache kaum mächtig war, um Rat. Mit entwaffnend offenem Lachen führte sie mich zu einem hohen Regal, in dem unzählige Dosen, Schachteln und Tuben aufgereiht standen. Du nehm das, sagte sie strahlend und drückte mir ein Päckchen in die Hand. Haar-Gel im Sonderangebot, extra stark. An Widerspruch war nicht zu denken, denn schon wickelte sie das Zeug in bunt gestreiftes Geschenkpapier. Na gut. Beim Bäcker nahm ich noch eine halbe Käsesahnetorte mit, die dann gleich in meinen kleinen Kühlschrank wanderte.

Danach war ich heilfroh, diese Einkäufe bereits erledigt zu haben. Denn nach der Spiegelgeschichte fühlte ich mich so elend, dass ich das Mittagessen stehen ließ und nur noch schlafen wollte. Eigentlich ist die Verpflegung hier ganz ordentlich, wenn man bedenkt, dass sie aus einer Zentralküche kommt. Aber mir war schlecht. Statt eines Spiegels sah ich vor mir bald nur noch ein dunkles Bild meiner selbst, in dem ich mich allenfalls stückweise erkennen konnte. Nicht der Kelim, sondern ich war in geometrische Muster aufgelöst; und ich erschrak.

Erst Wowas Weckruf holte mich aus meinen düsteren Träumen zurück. Mit Mühe erhob ich mich aus dem Fernsehsessel, in dem ich eingenickt war. Hallo, Wowa, warte bitte einen Augenblick. Ich stellte Teewasser auf und deckte den Tisch für zwei. Dann holte ich den Kuchen aus dem Frigidaire. Wowa sah mir staunend zu. Soll ich denn heute nicht mit Cora gehen? Nein, bitte hab noch einen Moment Geduld. Ich hätte alles längst fertig haben sollen, bin aber eingeschlafen.

Hatte ich wirklich Hallo gesagt? Wie diese jungen Leute in ihrer ungebügelten Art? Lächerlich, wie wir Alten der Jugend alles nachmachen, selbst wenn wir es eigentlich ganz unmöglich finden. Die Jeans, die saloppen Shirts, Hallo und Tschüss! Miniröcke über knotigen Knien. Ein öffentlich zur Schau getragener Bauchnabel mit einem glänzenden Metallstück darin hätte gerade noch gefehlt. Müssen wir uns da noch wundern, dass die Jugendmode immer schlampiger wurde, so lange, bis ein Grad erreicht war, den die Greise nicht mehr mitmachen konnten. Und da laufen dann plötzlich junge Mädchen in ganz altmodischen Blumenkleidchen und die Buben mit Hemd und Krawatte herum.

Ich brühte den Tschaj, schnitt die Torte auf und legte ein großes Stück auf Wowas Teller. Setz dich. Erst dann überreichte ich ihm mein Geschenk. Herzlichen Glückwunsch, Wowa, zum Sechzehnten. Ich wünsche dir ein gutes Jahr. Wowa sah mich mit großen Augen an; sie füllten sich langsam mit Tränen. Dann heulte er los wie ein kleines Kind. Mein Gott, jetzt auch das noch. Flennerei kann ich überhaupt nicht ertragen. Und schon gar nicht, wenn mir selbst danach ist.

Zehn

Was Wowa mir anvertraute, nachdem er sich vernehmlich in die Batistserviette geschnäuzt und seinen Gefühlsausbruch wieder einigermaßen unter Kontrolle gebracht hatte, geht mir nicht mehr aus dem Kopf. Vor allem weiß ich wirklich nicht, ob ich es glauben soll oder nicht. Mit meiner Lebenserfahrung hat das alles so wenig zu tun, dass mir jedes Verständnis fehlt.

Während wir da so beieinander saßen – ich auf dem Fernsehsessel, er auf dem einzigen Stuhl –, legte Cora ihren Kopf in seinen Schoß. Vielleicht wollte sie ihm ja nur bedeuten, dass es jetzt eigentlich an der Zeit für den gewohnten Spaziergang wäre, aber sie zappelte nicht herum, sondern verhielt sich ganz still und blickte Wowa mit traurigen Augen an. Geistesabwesend tätschelte er ihren Kopf.

Wenn das so weitergeht, entwickelt Cora sich so nach und nach zur Seelsorgerin für das ganze Heim. Wozu die überhaupt noch Pfarrer brauchen? Die beiden kommen ohnedies nur abwechselnd jeden Mittwoch, besuchen die bettlägerigen Patienten und halten dann eine kleine Stillmesse oder Andacht für alle anderen, je nach Konfession. Cora hingegen ist immer da. Die Pflegedienstleitung scheint verstanden zu haben, dass ihre Schützlinge den Hund lieben, also drückt man,

Hygienevorschriften hin oder her, ganz bewusst ein Auge zu. Einstweilen hat sich auch noch niemand beschwert.

Im Gegenteil. Nur wollen diese Alten *à tout prix* nicht verstehen, dass sie Cora nicht füttern sollen, und schon gar nicht mit Schokolade oder süßem Gebäck. Wenn ich erkläre, dass das ihren Augen schade, nicken sie verständnisvoll, aber schwupp, schon fliegt das nächste Leckerli durch die Luft. Meine Geduld wird auf eine harte Probe gestellt.

Die einzige Ausnahme macht ein hochbetagter Herr, der nicht nur Cora, sondern auch mir besonders gut gefällt. Wenn er in den Garten kommt, läuft sie immer gleich schnurstracks zu ihm hin und legt sich, sobald er sich gesetzt hat, zu seinen Füßen auf die Erde. Sein Äußeres ist sehr gepflegt; das weiße Haar stets streng gescheitelt, der fesche Schnauzer frisch gestutzt. Er ist, wie man so sagt, rank und schlank und geht kaum gebeugt, wenn auch auf einen Stock gestützt. Vor allem aber bezaubern mich seine altmodischen Manieren. Sie sind fast überkorrekt. Wann immer ich in seine Nähe komme, springt er, auch wenn ihm das schwer zu fallen scheint und er sich an der Stuhllehne festhalten muss, hastig auf und verneigt sich vor mir. Dann blickt er prüfend zum Himmel hinauf, stellt fest, wo gerade die Sonne steht, damit ich ja nicht geblendet würde, und rückt mir einen Sessel zurecht. Wenn ich dann zwar freundlich grüße, aber ohne anzuhalten weitergehe, ist nicht nur ihm die Enttäuschung anzusehen. Vier Hundeaugen blicken mir traurig nach.

Liebe im Altersheim – das ist doch wohl das blödeste, kitschigste Thema, das ich mir vorstellen kann. Aber was soll ich tun? Immer wieder ertappe ich mich dabei, wie ich hinter ihm hersehe und mir vorstelle, wie wohl sein Hintern aussehen mag, der unter der beigen Kordhose und der leicht abgetragenen Tweedjacke verborgen ist. Knackig? Knackig ist das Lieblingswort meiner Stieftochter, wenn sie über Männer spricht, was sie für meinen Geschmack allzu oft und ungeniert tut. Nun, knackfrisch wohl kaum, aber immer noch knackig genug für mich. Für mich? Wie sagt noch die Marschallin? Man müsse verstehen, wenn eine Sach' ein End hat. Enthaltsamkeit ist schließlich das Vergnügen an Dingen, die man nicht mehr kriegen kann.

Die Beharrlichkeit, mit der er mir den Hof macht, lässt mir jedoch keine Ruhe. Einerseits irritiert sie mich, andererseits schmeichelt sie mir. Heute, kurz vor dem Mittagessen, habe ich mich tatsächlich neben ihn gesetzt. Mit angenehmer Stimme machte er formvollendet Konversation. Wie das werte Befinden sei, ob man den Frühling genieße, die Wärme? Dann begann er etwas zu erzählen, brach ab, schaute mich fragend an, als ob er wissen wollte, ob ich mich erinnerte, setzte nochmals an … Da ertönte der erlösende Gong, er entschuldigte sich höflich und erhob sich, um ins Haus zu gehen, und auch ich kehrte in meine Wohnung zurück, wo das Essen schon auf mich wartete, das mir heute köstlich schien.

Als Wowa kam, hatte ich gerade eine CD mit dem dritten Akt des Rosenkavaliers ins Laufwerk gelegt, den ich schon lange nicht mehr gehört hatte. »Das alles kommt halt über jede Frau. Hab ich's denn nicht gewußt? Hab ich nicht ein Gelübde tan, dass ich's mit einem ganz gefaßten Herzen ertragen werd' … Heut oder morgen oder den übernächsten Tag. So hat halt Gott die Welt geschaffen und anders hat er's halt nicht können machen!« Ich wischte mir die Augen und stand auf.

Wowa erfasste ohne Worte, dass ich jetzt nicht gestört werden wollte, legte grußlos Cora Halsband und Leine um und verschwand. Mein verschleierter Blick folgte ihm. Plötzlich sah ich ganz lebhaft jene seltsame Szene vor mir, die mir eben noch so unglaubwürdig erschienen war: Wowas letzter Geburtstag in Sibirien. Die Großmutter hat mit dem köstlichen Quark und der Sahne, die es erst neuerdings gibt, seit die deutsche Regierung ganz in der Nähe eine Molkerei gebaut hat (warum hat er wohl dieses Detail so betont?), eine wunderbare Torte gebacken, auf die der Junge sich nun schon seit Stunden freut. Er weiß zwar, dass die Großmutter um diese Zeit schläft, doch eilt er vom Mittags-Melken schneller nach Hause als sonst, stellt sein Moped geschwind im Vorgarten ab, stürzt freudestrahlend ins Haus, reißt die Küchentür auf und erstarrt. Dort, wo am Morgen die Torte stand, mitten auf dem Tisch, liegt die schöne Aila, die Beine gespreizt, bis auf ihr Kopftuch splitterfasernackt. Sie ist von oben bis unten mit Quark beschmiert. Und über sie gebeugt steht, ohne Hose, der Vater, der schnaufend, stöhnend und grunzend wie ein Eber die Torte von ihrem Körper frisst.

Elf

Entbehren musst du, musst entbehren. Warum eigentlich?

Wer ist Aila? Schließlich frage ich ihn. Aila ist meine Schwester, stammelt er und schaut an mir vorbei, als wäre ich nicht da. Wirklich deine Schwester? Nein, nicht wirklich, seufzt er, aber auf dem Papier. Ach, wissen Sie, Papier hält alles aus. Ja, Papier ist geduldig, sagt man hier; aber kannst du mir das bitte näher erklären? Sie ist deine Schwester und auch wieder nicht? Papa hat sie adoptiert, um sie nach Deutschland mitzunehmen. Aila ist aus Kasachstan. Papa hat sie einmal mitgebracht, als er Saatgut einkaufen war. Sie hat dann ganz bei uns gelebt. In seinem Bett. Und deine Mutter? Was sagt die dazu? Du wohnst doch hier bei deiner Mutter, hast du gesagt. Ach, die sagt nix. Wo lebt denn Aila jetzt? Hier bei uns. Und wo ist dein Vater? Den sehe ich selten, der ist in Frankfurt, wo er irgendwelche Geschäfte macht. Das tut er nur für uns, sagt er. Einer mit dem Pflug, sieben mit dem Löffel.

Mein Gott, was frag ich da, was geht mich das alles an? Ich darf mich nicht weiter auf diese Geschichte einlassen, das ist eine fremde Welt. Aber ganz ohne Kontakt zu anderen Menschen kann man auch nicht leben. Nicht einmal hier. Jeder Mensch sei eine Insel, soll irgendjemand behauptet haben. Wenn das nur wahr wäre! Wie schön, Sie hier näher kennen zu lernen, sagte doch glatt die Frau aus dem Apartment nebenan erst gestern. Frau Seiler, Seidler, Seifer, Seifert, irgend so etwas, ist ja egal. Näher? Das hätte gerade noch gefehlt. Sie sind doch die Schwiegermutter vom Kollegen meines Sohnes. Von wem spricht die bloß? Um Gottes willen, die meint den Kerl. Darf ich Sie zu einer Tasse Tee einladen?

Irgendwann muss ich diese Einladung ja doch annehmen, dachte ich, also lieber gleich. Wenn ich sie dann nicht erwidere, dürfte alles klar sein. Hoffentlich. Also klingelte ich um 17 Uhr an der Nachbartür. Sie schien sich zu freuen.

Ihre Wohnung ist ein wenig, so um etwa vier oder fünf Quadratmeter, kleiner als meine. Vielleicht wirkt sie aber auch nur enger, weil sie derart voll gestellt ist. Die Möbel sind altdeutsch-gediegen, wuchtig und schwer. Man möchte nach einem Staubtuch greifen, obwohl alles tadellos reinlich ist. Was mich aber erschreckt hat, das sind all diese Zettel, wohin man schaut. Überall hängen lose Papierblätter herum oder ragen aus den Schubladen des Schreibtischs und der Kommode heraus. Sie sieht meinen fragend umherschweifenden Blick. Ja, seit ich umgezogen bin, finde ich vieles nicht mehr. Die Möbelleute haben nicht einfach die Schubfächer rausgezogen, abgedeckt und mitgenommen, wie sie waren, sondern haben alles in eine große Kiste gekippt und hier wieder zurückgestopft, ohne Sinn und Verstand.

Ob das wohl stimmt? Ob das nicht nur eine Schutzbehauptung ist? Will sie sich nicht selber einreden, andere seien an ihrem nachlassenden Erinnerungsvermögen schuld?

Dabei fällt mir ein, dass meine Bestellung im christlichen Buchladen eingetroffen sein dürfte: ein französisches Werk zum Thema Gedächtnis. Nach ein paar höflichen Bemerkungen über den schmackhaften Tee – Lady Grey, nicht wahr? – breche ich noch früher auf, als ich eigentlich vorgehabt hatte.

Meine Gastgeberin scheint das nicht weiter zu stören, weil sie in ihren rastlosen Gedanken längst wieder davongeeilt ist.

Mein Weg führt an der Bank vorbei, wo ich schnell ein wenig Bargeld abheben will. Als ich vor dem Geldautomaten stehe, überfällt mich plötzlich das unheimliche Gefühl, ein Schatten habe sich über mich gelegt. Völlig geräuschlos muss jemand ganz nah an mich herangetreten sein; mir ist, als könnte ich seinen Atem spüren. Ich drehe mich um, die Bankkarte in der rechten Manteltasche fest umklammert. Da stehen doch tatsächlich zwei dieser Jugendgangster direkt hinter mir. Die haben ganz bestimmt nichts Gutes im Sinn. Unverschämt offen grinsen sie mich an. Was nun? Ach wie blöd, sage ich kopfschüttelnd, ich kann mir wirklich gar nichts mehr merken. Jetzt habe ich sogar meine PIN vergessen.

Das Grinsen erstirbt. Ach Mann, Scheiße, das ist Waldis Oma, die tickt nicht ganz richtig. Wo nix drin is', kann man auch nix rausprügeln, haha. Komm, hau'n wir ab.

Mehrere Menschen sind an uns vorbeigegangen, ohne dass ihnen an dieser Szene etwas aufgefallen wäre. Oder sie wollten nur nicht wahrnehmen, was da vor sich ging, um sich nicht einmischen zu müssen. Nach dem Motto: Was geht mich das an?

Darf ich mich beklagen? Ist das nicht meine eigene Einstellung? Ohne Geld kann ich das Buch nicht holen, wenn es nicht überhaupt dafür zu spät geworden und der Laden längst geschlossen ist. Also nichts wie heim. Heim? Ja, heim ins Heim.

Zwölf

Auch heute Morgen hatte ich keine Zeit zum Einkaufen, denn ich brauche immer ziemlich lange, bis ich angezogen bin, und um 11 Uhr kam die Friseuse zu mir. Das ist eine der Annehmlichkeiten dieses Hauses, dass man Kosmetik, Haar-, Hand- und Fußpflege zu durchaus moderaten Preisen einkaufen kann, zwar nicht immer wann, aber wenn man will. Heute passt das besonders gut, weil ich am Abend zu einer Festveranstaltung der Universität eingeladen bin. Der Dekan der philosophischen Fakultät hat persönlich angerufen, und er will mir sogar einen Wagen schicken, hat er gesagt, um meine Einwände zu entkräften. Die Rolle der Witwe, der ihres Mannes beraubten Frau eines berühmten Philosophen, passt mir zwar gar nicht, aber eine andere zu spielen, wird mir wohl kaum gestattet sein.

Da ich noch hinreichend beweglich bin, um meinen Kopf über das Waschbecken nach vorne zu beugen, wäscht, schneidet und föhnt die Frisörin, wie sie sich selber nennt, mein Haar hier in der sogenannten Nasszelle meines Apartments. Sie kommt zwar aus der Stadt, wo sie einen kleinen Salon unterhält, benimmt sich aber, als gehörte sie zum Inventar. So, jetzt beugen wir uns vor, jetzt drehen wir uns um, jetzt lehnen wir uns zurück. Haben wir denn heute etwas Besonderes vor? Ja, haben wir, aber hat sie denn auch?

Heute ist der Zwölfte, oder? Bei der Scheinselbständigkeit des betreuten Lebens verliert man langsam jedes Zeitgefühl. Es dürfte wirklich der Zwölfte sein, natürlich, das Datum steht ja auf der Einladung. Das heißt, in etwa einer Woche kommt der Kerl zurück. Er wird den Verlust sicher umgehend bemerken. Ich bin schon sehr gespannt, wie er reagiert.

Ausgerechnet heute kommt Wowa zu spät. Als er endlich auftaucht, will ich gerade ansetzen, ihm Vorhaltungen zu machen, da sehe ich, er sieht schrecklich aus. Was ist denn mit dir los, Wowa, frage ich. Wer hat dich denn derart zugerichtet? Ach, das is nix, sagt er; wo Holz gehackt wird, fliegen Splitter. Nein, du musst mir schon sagen, was passiert ist. Wer hat dir denn den Arm verbunden? Das sieht nicht sehr gekonnt aus. Bist du sicher, dass da nichts gebrochen ist? Und die Wunde am Kopf, hat die jemand desinfiziert? Wie ist das bloß geschehen?

Das übliche Zögern, aber dann findet er sich zu einer Erklärung bereit: Ab und an mache er den Stuntman für die Jackass-Bande. Und wer ist das? Ach, das sind so reiche Macker mit all dem technischen Kram, Camcorder und Videokameras in ihren Handys und so, die irgendwelche gewagte Sachen aufnehmen und das dann mit möglichst harter Musik unterlegen. Die Filme schicken sie ans Fernsehen, an diesen Musiksender, Sie wissen schon. (Ich habe zwar keine Ahnung, aber ich unterbreche ihn jetzt lieber nicht.) Wenn einer genommen und gesendet wird, dann gibt's echt Kohle. Wenn von denen keiner Lust hat, die gefährlichen Sachen zu machen, dann fragen sie mich, und sie bezahlen ganz ordentlich. Manchmal machen sie auch nur happy slapping. Da gehen sie ganz freundlich auf jemanden zu, hauen ihm plötzlich in die Fresse und filmen dann den verdutzten Gesichtsausdruck. Das gucken sie sich dann auf dem Display an und lachen sich kaputt. Da mach ich nicht mit.

Halbherzig versuche ich ihm einzureden, wegen seines Armes zum Röntgen ins Krankenhaus zu gehen. Ich überlege, ihm dafür Geld zu geben, aber da fällt mir wieder die Warnung der Ärztin ein. Außerdem müsste er eigentlich versichert sein, und wahrscheinlich zahlt er für eine Untersuchung keinen Cent. Warum ist er nicht gleich dorthin gegangen, warum hat ihn seine Mutter nicht hingeschickt?

Als Wowa mit Cora fortgegangen ist, lege ich mir die Anziehsachen für den Abend zurecht. Das kleine Schwarze, dreiviertellang, Perlen, ein schickes Tuch oder vielleicht lieber nur die Brosche mit Opalen, wenngleich man sagt, die brächten kein Glück. Glück? Bei diesem Wort muss ich wieder an den liebenswürdigen Herrn aus der Pflegeabteilung denken. Es ist einfach angenehm, mit ihm zusammen zu sein. Mein Mann ist tot, der Tod hat uns geschieden, also bin ich doch eigentlich frei.

Dreizehn

Die Nacht war unruhig gewesen, aber als ich aufwachte, war es schon hell. Beklommen nahm ich wahr und erinnerte mich dann, dass ich in meinem Abendgewand zu Bett gegangen war. Schon kehrte dieses dumpf beklemmende Gefühl trostloser Einsamkeit zurück, in dem ich eingeschlafen war. Mit wachsender Verzweiflung hatte ich lange versucht, die hinteren Haken und Knöpfe des Kleides zu öffnen. Vergeblich. Niemand weit und breit, der mir hätte helfen können. Den Notrufknopf zu betätigen, schien mir lächerlich. Also schlief ich so.

Allein zu sein, ohne einsam zu sein – warum war das nur derart schwer? Vielleicht war das überhaupt nicht möglich. Jetzt bloß kein Selbstmitleid. Der Festabend war doch durchaus erfreulich gewesen. Der Dekan hatte mich namentlich begrüßt, mir persönlich Blumen überreicht und mich schließlich sogar an seinen Tisch gebeten. Die Gespräche drehten sich überwiegend um Vorkommnisse am Institut in alten Zeiten, so dass ich lebhaft daran teilnehmen konnte. Wissen Sie noch? Erinnern Sie sich noch?

Der junge Reporter der Lokalzeitung hatte eifrig photographiert. Ob wohl schon etwas in der heutigen Ausgabe stand? Vorsichtig öffnete ich die Tür, um das Blatt hereinzuholen. Niemand sollte mich in dieser Aufmachung sehen. Doch vor mir stand die Putzfrau – ich glaube, sie heißt Lena – und starrte mich erschrocken an. Mit ihr hatte ich noch nie ein Wort gewechselt, doch sie verstand mich auch so. Mit flinken Fingern öffnete sie die Verschlüsse und löste somit mein Problem.

Zugeknöpft. War ich bis dahin zugeknöpft? Bis oben hin zugeknöpft? Ist das einfach meine Art, und bin ich es immer noch? Als ich in mein Apartment zurückkam, kochte gerade das Teewasser, das ich zuvor aufgestellt hatte. Mit der Zeitung setzte ich mich an den Frühstückstisch. Nein, über den gestrigen Abend stand noch nichts drin – wann haben die wohl Redaktionsschluss? Aber bei den Lokalnachrichten fiel mein Blick auf eine kleine Notiz:

Unbekannte brachen in Einkaufsmarkt ein

Unbekannte brachen in der Nacht zum Samstag in den Einkaufsmarkt an der Friedhofsstraße ein. Sie öffneten auf dem Flachdach mehrere Lichtkuppeln und stiegen durch einen Lichtschacht ein. Aus bisher nicht bekannten Gründen ließen sie von ihrem vermuteten weiteren Tatvorhaben ab und stiegen wieder nach draußen, ohne etwas entwendet zu haben.

Wowa, Wowa, wo warst du in dieser Nacht? Warum hast du mich angelogen? Sicher hast du dich bei dieser Heldentat verletzt. Was verschweigst du mir? Oder hast du die Wahrheit gesagt, als du mir von diesem Jackass-Club (schreibt man das so?) erzählt hast? Macht ihr das wirklich alles nur zum Spaß dieser verwöhnten gelangweilten Bande mit all ihrem technischen Kram? Und du lässt dich dafür bezahlen?

Sobald er kommt, muss ich ihm diese Nachricht unter die Nase halten und auf einer ehrlichen Antwort bestehen. Einfach zu peinlich wäre das, wenn sich herausstellen sollte, dass das Biest mit seinem Verdacht recht behalten hätte und Wowa wirklich ein kleiner Verbrecher war. Jeder Mensch hat Geheimnisse, aber muss das Seine ausgerechnet so etwas sein?

Morgens löse ich zuerst einmal das Sudoku-Rätsel in der Zeitung, aber heute kann ich mich kaum darauf konzentrieren und schreibe immer wieder eine Zahl in ein Kästchen, in das sie keinesfalls gehört. Schließlich gebe ich auf und suche mein Horoskop für die kommende Woche heraus. Natürlich glaube ich nicht daran, aber es könnte doch auch dann etwas bedeuten, wenn man nicht daran glaubt.

Oh! *Viele Planeten unterstützen Sie – bald auch noch Venus. Sie betritt den Abschnitt Stier. Bleiben Sie ruhig und in sich gekehrt. Meiden Sie wichtige Gespräche, bei denen jedes Wort auf die Goldwaage gelegt wird. Es bahnt sich etwas an, und es geht zum Teil recht turbulent zu. Schließlich erreichen Sie, was Sie wollen.*

Vierzehn

Als Wowa gestern kam, war meine Wut längst verflogen. Ich konnte dem Jungen einfach nicht lange böse sein. Sein Arm war jetzt korrekt geschient. Doch ein Bruch? Ja, aber nicht besonders kompliziert. Und was soll das bedeuten? Warst du dabei? Ich hielt ihm den Zeitungsausschnitt hin. Ja, war ich, aber wir haben nichts geklaut. Er sah mich so treuherzig an, dass ich meinen ursprünglichen Plan, ihm ordentlich die Leviten zu lesen, umgehend fallen ließ.

Sag einmal, Wowa, verstehst du eigentlich etwas von Computern? Ich habe da so einen Senioren-Kurs in der Volkshochschule mitgemacht und kann jetzt ganz ordentlich mit dem Schreibprogramm umgehen. Aber vom Internetzugang habe ich keine Ahnung. Glaubst du, du könntest mir das einrichten und erklären? Klar, mach ich gerne. Wir hatten eine prima IT-AG in der Schule, echt hammergeil. Sie glauben gar nicht, was man da alles machen kann. Soll ich das Zubehör besorgen? Ja, bitte, sei so gut. Wie viel Geld brauchst du dafür? Keine Ahnung, aber kein Problem, ich lege das aus.

Als er mit Cora fortgegangen war, zog ich eine warme Jacke an und ging hinaus in den endlosen Garten. Nach einigen Regentagen schien endlich wieder die Sonne, und sie hatte schon wahre Wunder vollbracht. Ein Magnolienbaum hatte seine

Blüten geöffnet, gegen den blauen Himmel leuchteten sie wie von der rosenfingrigen Eos gestreichelt, obwohl es längst Nachmittag war. Da saß er, dieser weißhaarige Herr, mit dem sich meine Phantasie schon weit über Gebühr beschäftigt hatte. Aber diesmal war er nicht allein, sondern neben ihm hatte sich die seltsame Alte breit gemacht – was heißt da breit gemacht, breit war sie ohnedies – , die gewöhnlich mit ihrer Mundharmonika ziellos durch die Gegend läuft, und quatschte auf ihn ein. Sie hatte ihr kleines Instrument in ein Bettchen aus einer Aluminium-Kuchenschachtel und bunten Servietten gelegt und schaukelte es an ihrer Brust. Höflich wie er nun einmal war, hielt er den Kopf ihr zugeneigt, doch seine Augen blickten ausdruckslos zu Boden. Kein trautes Tête-à-tête, fürwahr, das sah man gleich; das hätte auch gerade noch gefehlt.

Er bemerkte mich nicht, als ich vorüberging, ich aber blickte gebannt auf seinen Hinterkopf. Diese kahle Stelle hatte ich bisher nicht sehen können, aber davor stand das stets so artig gescheitelte Haar von hinten gesehen ganz eigentümlich ab. War das am Ende ein Toupet? Wenn er so eitel war, trug er vermutlich ein Korsett. Und sicher waren auch seine schönen weißen Zähne falsch. Ab einem gewissen Alter hat wohl jeder sein kleines Ersatzteillager. Aber es wäre schon schön, einen Partner zu haben, mit dem sich gelegentlich gemütlich kuscheln oder etwas unternehmen ließe. Ganz allein, muss nicht sein, summte ich vor mich hin. Aber die Idee, mit so jemandem zusammenzuziehen, schien mir plötzlich sehr viel weniger erstrebenswert als noch vor ein paar Tagen. Mich wieder ständig an die Unarten und Alltagsregeln eines anderen Menschen anpassen zu müssen, das stellte ich mir nur schwer erträglich vor. Aber er könnte ja weiterhin drüben wohnen und ich in meinem kleinen Reich. Frei zu bleiben und doch nicht einsam zu sein, ist das nicht irgendwie zu erreichen?

Als ich so in Gedanken verloren war, kam der Hausmeister auf mich zu. Sein finsterer Gesichtsausdruck verhieß nichts Gutes. Wahrscheinlich hatte Cora wieder mal ein Bömbchen in einem seiner Blumenbeete placiert. Hatte ich ihm denn nicht erst vor ein paar Tagen ein saftiges Trinkgeld verpasst, das er eigentlich gar nicht verdient hatte mit seiner ekelhaft mürrischen Art? Dieser leere Blick der Heiminsassen, war das nicht eigentlich eine geheime Waffe, um derartige lästige Angriffe abzuwehren? Das musste ich üben. Ohne eine Miene zu verziehen, starrte ich ihn an, aber ich sah ihm nicht in die Augen, sondern einfach stur durch ihn hindurch. Alte Kuh, murmelte er verunsichert, drehte sich um und ging weg.

Lebe ein Menschenalter, lerne ein Menschenalter, du stirbst doch als Tor.

Fünfzehn

Es ist Zeit, dass wir gehen. Ich, um zu sterben, und ihr, um weiterzuleben, hattest du, mein geliebter Silen, gesagt. Vermutlich war auch dein letztes Wort nur ein Zitat. In deinen Augen hattest du eine freie Entscheidung getroffen, in meinen hatte keiner von uns eine andere Wahl. Deine Uhr wurde angehalten durch den Tod; sie war abgelaufen, wie man immer noch sagt, obwohl Uhren wie auch Herzschrittmacher heutzutage erst dann ihren Lauf einstellen, wenn die Batterie ermattet oder herausgenommen worden ist. Deine Stromquelle also war erschöpft, die Quelle des Stroms deines Lebens versiegt. Point final.

Uns, deine Damen, ließest du großzügig weiterleben. Ja, was denn sonst? Hättest du uns mitnehmen sollen, können, dürfen? Warst du so frei? Deine Jünger hätten es dir glatt zugetraut. Was immer du sagtest, und war es auch noch so banal – sie hingen an deinen Lippen und beteten dir alles nach, während ich bisweilen, um nicht laut zu lachen, mir heimlich auf die meinen biss.

Und doch wüsste auch ich heute allzu gerne, was ein kluger Mann wie du – zu intelligent, um zu glauben, sagtest du einmal in deiner atemberaubenden Bescheidenheit, allerdings warst du da schon recht betrunken – von der anhaltenden

Diskussion zwischen Naturwissenschaftlern und Philosophen über die Freiheit des menschlichen Willens denkt. Ist der angeblich freie Wille in Wirklichkeit unter einem Netz von neuronalen Entschluss-Anbahnungs-Autoritäten begraben, wie unlängst in meiner Zeitung zu lesen stand? Ist also in dem Augenblick, in dem wir uns frei zu entscheiden vermeinen, unser Entschluss längst vorgegeben? Und hätten wir dann nicht immer noch die Freiheit, spontan einfach anders zu entscheiden, als es dieses Netzwerk uns befahl? Freiwillig, frei will ich, ja; ich will frei sein, frei sein dürfen. Andere haben vielleicht gerade davor Angst, Angst vor der Verantwortung.

Es fällt mir schwer, mir vorzustellen, dass etwa meine Entscheidung, meine verbleibende Lebenszeit hier in diesem Heim zu verbringen, von irgendeiner vorgegebenen Kraft bestimmt worden wäre und nicht von mir. Immer wieder stand ich im Laufe meines langen Lebens an einer Kreuzung oder Weggabelung und hätte in fast jede Richtung gehen können. Als ich nach der Schule beschloss, mich zur Fremdsprachensekretärin ausbilden zu lassen; als ich meinen ersten Dienst antrat; als ich später in ungekündigter Stellung auf eine zufällig gelesene Anzeige hin mich um die Stelle bei der Universität bewarb – war ich da nicht jeweils frei? Oder war das alles vorherbestimmt?

Das klingt verdammt nach Prädestination, nach gnadenlosem Urteil durch einen unerbittlichen Gott, der in seinem unfehlbaren ewigen Ratschluss bestimmte Menschen zur ewigen Seligkeit erwählt, andere wegen ihrer von ihm natürlich vorhergesehenen, also keineswegs frei begangenen Sünden zur ewigen Verdammnis vorherbestimmt hat.

Er, der nie begonnen, er, der immer war; ewig ist und waltet, sein wird immerdar.

Ist allein dieser ewige Gott in seinem Willen, der weder erforscht noch beurteilt werden kann, frei, und kann nur er deshalb über das Geschick der von ihm geschaffenen Menschen frei verfügen? Können die intelligentesten unserer Wissenschaftler, nämlich die Hirnforscher, so etwas wirklich glauben? Stehen Wissen und Glauben denn nicht mehr zueinander im Widerspruch?

Amüsiert denke ich an die giftgrüne Aufschrift an der Außenwand der Post, die vermutlich einer von Wowas Freunden dorthin gesprayt hat: Wissen ist Macht – weiß nichts – macht nichts! Mein armes bisschen Restleben werde ich wohl zu Ende bringen müssen, ohne solch ewige Probleme gelöst zu haben. Macht nichts.

Zum Glück findet sich gleich eine Gelegenheit, nicht länger zu grübeln, sondern mich lösbaren Aufgaben zuzuwenden. Denn Wowa hat allerhand Geräte und Papiere angeschleppt: ein Modem für den Internetzugang, eine CD für den E-Mail-Kontakt und dergleichen mehr. Für seine Auslagen hat er nicht nur die Kassenzettel, sondern ordentliche Quittungen mitgebracht. Vielleicht können Sie das von der Steuer absetzen, bemerkte er altklug. Das hat man ihm vermutlich im Laden so gesagt.

Wie alle jungen Menschen erklärt er viel zu schnell, und ich habe größte Mühe, ihm zu folgen. Schließlich nehme ich ein Stück Papier und schreibe bedächtig alle Schritte, einen nach dem anderen, auf. Ja, so ist es richtig, sagt Wowa ernst, auch Moskau ist nicht auf einen Schlag erbaut worden. Wer zwei Hasen gleichzeitig jagt, fängt keinen.

Sechzehn

Sie brauchen jetzt keine Bücher mehr zu kaufen, hatte Wowa gesagt. Alles, was Sie wissen wollen, finden Sie im Internet. Und sehr viel mehr. Dabei fiel mir ein, dass ich das bestellte Buch immer noch nicht abgeholt habe. Ich sollte vielleicht in der Buchhandlung anrufen, damit es nicht zurückgeschickt wird. Nur mühsam finde ich die Nummer heraus, im Telefonbuch unter B steht sie nicht. Schließlich entdecke ich sie unter C für Christlich. Kann denn ein Geschäft christlich sein? Nun gut, ich rufe an. Ja bitte? Darf ich Sie mal eben zur Seite legen? Ich bin noch im Kundengespräch … Mich zur Seite legen, was soll denn das? Der Telefonhörer bin also ich. Oder das Fahrzeug. Wo stehen Sie? Wie oft wird man das gefragt.

O Gott, wo steh ich denn? Als ich auf den Parkplatz komme, an dessen Rand mein E-Mobile für gewöhnlich unter einer Plastikhaube auf mich wartet, ist es fort. War das der Hausmeister, der sich irgendwie an mir rächen will, oder wurde es wirklich gestohlen? Warum vergeht denn auch hier, in diesem vielgepriesenen Seniorenparadies, kein einziger Tag ohne Ärger? Mit schmerzenden Knien humple ich zur Verwaltung hinüber. Natürlich hat wieder niemand nichts gesehen, wie Wowa sich ausdrücken würde. Es scheint auch kein Mensch große Lust zu verspüren, eine Suchaktion zu starten. Haben

Sie denn nicht das Schild gelesen: Abstellen auf eigene Gefahr. Könnten Sie nicht bitte trotzdem bei der Polizei anrufen? Ja, sind Sie denn überhaupt sicher, dass es weg ist und Sie (in Anbetracht Ihres demenziellen Syndroms, dachte sie wohl) es nicht irgendwo in der Stadt stehen gelassen haben? Vielleicht auf dem großen Parkplatz beim Supermarkt? Wir sollten lieber dort anrufen. Oder fragen Sie noch besser den jungen Mann, der immer mit Ihrem Hund herumläuft. Der wird schon wissen, wo das Fahrzeug ist: verschwörerisches Zwinkern.

Natürlich werde ich Wowa fragen. Aber mit welcher Selbstverständlichkeit der Verdacht auf ihn und seinesgleichen fällt, wenn irgendwo irgendetwas zerschlagen, zerstört oder verschwunden ist, das gibt mir doch zu denken. Leider sind es ja tatsächlich oft diese jungen Russlanddeutschen, die unangenehm auffallen und die alle möglichen und unmöglichen Methoden entwickeln, ihr Taschengeld aufzubessern. Was ist da nur schief gelaufen? Waren sie, als sie hier ankamen, vielleicht zu alt für die Schule und zu jung, eine brauchbare Ausbildung hinter sich zu haben? Empfinden sie sich als Desperados, die von vorneherein chancenlos von der Bevölkerungsmehrheit ausgeschlossen sind, und ziehen sie sich deshalb in ihre Drogenwelt zurück? Ist das folglich eine verlorene Generation, die es nie mehr schaffen wird, sich anzupassen und einzugliedern, zu nützlichen Gliedern unserer Gesellschaft zu werden, wie man so sagt, und das wächst sich, wenn überhaupt, erst in vielen Jahren aus? Viele Spätaussiedler kommen eigentlich gar nicht mehr ins Land, und das Problem nimmt dennoch nicht ab, sondern zu. Außerdem sind etwa die Mitglieder dieser Bande, mit der Wowa sich da herumtreibt, ausnahmslos hier geborene Deutsche, so sagt er jedenfalls. Das verstehe, wer will. Und wer kann.

Ich habe hinreichend mit meinen eigenen Problemen zu tun. Heute früh zum Beispiel konnte ich mich einfach nicht erinnern, ob ich meine Tabletten eingenommen hatte. Frau Joschko hat mir schon vor einiger Zeit geraten, mir eine Pillenschachtel geben zu lassen, die nach Wochentagen und Tageszeiten unterteilt ist. Doch je mehr man sich auf solche Hilfsmittel verlässt, desto hilfloser wird man allmählich, fürchte ich. Ich könnte ja auch mit Merkzetteln anfangen wie meine Nachbarin, aber genau das will ich möglichst lange hinausschieben.

Diese Nachbarin ist ohnedies eine Pest. Sie allein ist schuld daran, dass ich heute in so schlechter Verfassung bin. Bis ein Uhr nachts hat sie ihr Fernsehgerät auf höchster Lautstärke laufen lassen. Schließlich habe ich bei ihr angerufen, um sie zu bitten, ein wenig mehr Rücksicht auf andere zu nehmen. Vor lauter Lärm hat sie zunächst das Klingeln des Telefons nicht gehört. Wilde Phantasien bedrängten mich: Vielleicht hatte sie einen Schlaganfall, war ins Koma gefallen oder gar tot? Was sollte ich tun? Doch als ich in meiner wachsenden Beunruhigung gerade den Notrufknopf drücken wollte, antwortete sie mit schläfriger Stimme und entschuldigte sich umständlich; sie habe zunächst mit Kopfhörern ferngesehen, doch dann sei sie wohl eingeschlafen und habe dabei sicher versehentlich das Kabel herausgezogen. Bei derartigem Krach schlafen zu können, die Nerven möchte ich haben – beneidenswert!

Mit der Suche nach meinem E-Mobile musste ich wohl wirklich auf Wowa warten, wenn diese tranige Verwaltung schon mit einem Anruf bei der Polizei überfordert war. Langsam humpelte ich in Richtung meiner Wohnung zurück. Doch da lief plötzlich die Sekretärin hinter mir her. Jetzt warten Sie doch mal. Die wollen genau wissen, um was für ein Fahrzeug es sich handelt. Das geht also doch, nun gut, zurück Marsch-Marsch.

Fahrzeug beschreiben. Viel zu teuer, sagte das Biest.

Als ich zum zweiten Mal das Büro verließ, sah ich einen schönen dunkelblauen BMW vom Parkplatz in Richtung Ausgang fahren. Am Lenkrad saß, wenn das keine Sinnestäuschung war, der liebenswürdige alte Herr aus der Pflegeabteilung. Was, der hat noch seinen Führerschein? Er hatte das Fenster geöffnet und winkte vergnügt. War das die Möglichkeit? Wie hattest du, mein geliebter Silen, gesagt: Liebe ist die Fähigkeit, Ähnliches an Unähnlichem wahrzunehmen. Bin ich denn wirklich in ihn verliebt?

Siebzehn

Was ich da schreibe, wird immer peinlicher. Es ist allerhöchste Zeit, Wowa zu bitten, mir zu zeigen, wie man einen Text vor den Augen anderer Menschen schützt. Vielleicht kann man einen Code eingeben. Ich werde wohl wieder den ganzen Vorgang Punkt für Punkt notieren müssen, damit ich das dann alleine kann, wenn Wowa nicht zugegen ist. Mein Vertrauen zu ihm ist zwar noch immer ungebrochen, aber ein klein wenig angeschlagen ist es doch.

Denn gestern kam er schon nach vielleicht zwanzig Minuten freudestrahlend mit dem E-Mobile zurück. Cora sprang aufgeregt an ihm herum, während er das Fahrzeug hinten hoch hob und nur auf dem Vorderreifen schob. Sein Kopf war vor Anstrengung puterrot. Als er das Gefährt abgestellt hatte, stürzte er in meine Kochnische und ließ sich frisches kaltes Wasser über Gesicht und Hände laufen. Seine Jacke hatte er auf den Stuhl geworfen, und er stand in einem verwaschenen engen American T-Shirt da. Was für eine schöne geschmeidige Figur! Wenn ich je einen Sohn gehabt hätte, so einen hätte ich mir gewünscht.

Doch da fiel mein Blick auf seinen linken Unterarm, der über und über mit Wundmalen bedeckt war. Die Narbe bleibt, wenn auch die Wunde heilt, dachte ich. Aber wer hatte ihm diese Verletzungen zugefügt? Wenn es andere gewesen wären, wäre doch wohl auch der rechte Arm im gleichen Ausmaße vernarbt. Er muss sich selber so zugerichtet haben. Mein armer Junge, warum nur, warum?

Es sieht so aus, sagte er, als hätte der Dieb Ihr Fahrzeug nicht anlassen können und es deshalb gleich hinter dem Haus in der Hecke liegen gelassen. Der Lack ist zum Glück nur wenig zerkratzt.

Ich wollte ihm einen Finderlohn geben, doch Wowa lehnte das entschieden ab. Eigentlich war es Cora, meinte er, die mich in die Büsche gezogen hat. Eine Belohnung gehöre, wenn überhaupt, ihr. Wie war das mit seiner berüchtigten Geldgier zu vereinen? Wowa, du sparst doch für deinen großen Traum. Ja, aber mehr als das brauche ich nicht. Als was? Nun, ich würde es schon zu gegebener Zeit erfahren, sagte er. Oder auch nicht.

Kaum dass er fort war, begab ich mich ins Internet auf die Suche nach Antwort auf die quälende Frage: Warum? Bei Wikipedia wurde ich schließlich fündig. Mit selbstverletzendem oder autoaggressivem Verhalten, stand dort, beschreibe man eine ganze Reihe von Verhaltensweisen, bei denen sich meist jugendliche Menschen mit Rasierklingen, Messern, Scheren oder Scherben, mit Nadeln oder brennenden Zigaretten absichtlich Wunden zufügten. Dieses Verhalten könne bei Borderline-Persönlichkeitsstörung, bei Depressionen, Essstörungen (drei s!), Missbrauchserfahrungen, Deprivationen (Entzug von Zuwendung und Nestwärme), Traumatisierungen, während der Pubertät, bei Zwangsstörungen, schweren Zurücksetzungen und Demütigungen, psychotischen und schizophrenen Schüben und ähnlichen seelischen Störungen sowie bei geistiger Behinderung und Autismus auftreten.

Behindert ist mein Wowa nicht. Um das zu beurteilen, brauche ich keinen Experten. Aber therapieren kann dieses extreme Verhalten ganz gewiss nur speziell ausgebildetes Fachpersonal. Doch vielleicht könnte das soziale Umfeld durch Vermeidung von Distanzierung, also durch Nähe und Wärme, ein wenig zur Besserung beitragen? Ist es das, was er so verzweifelt sucht? Soll ich ihn darauf ansprechen? Nein?

Alle Versuche, die Symptomatik zum Gegenstand einer Diskussion zu machen, also, zu deutsch, darüber zu sprechen, seien aufgrund des Krankheitswertes kontraproduktiv, steht da. Krankheitswert, welch seltsames Wort! Mit Wowa zu reden, hilft also nichts. Und was könntest du auch sagen, mein armer Kleiner, wenn ich dich fragte, warum du das tust? Damit ich den inneren Schmerz nicht so spüre, könntest du vielleicht antworten – wenn du überhaupt bereit wärst, darüber zu reden –, füge ich mir einen äußeren zu. Und warum immer und immer wieder? Weil mein Schmerz tief und immer tiefer sitzt.

Achtzehn

Noch so eine schlechte Nacht, und es reicht. Diesmal hat mich jedoch nicht die rücksichtslose Nachbarin gequält, sondern ein höchst unheimlicher, ja bedrohlicher Traum. Ein Mann, dessen Gesicht ich nicht erkennen konnte, verfolgte mich mit einem Dolch. Wohin ich mich auch wandte, überall sprang er plötzlich hinter einem Baum, einem Strauch, einer Tür hervor und rannte hinter mir her. Ich lief und lief in tiefem Sand, so schnell ich mit meinen schmerzenden Beinen konnte, doch ich entkam dem Satyr nicht. Als ich endlich schweißgebadet erwachte, war mein Bett verwüstet wie nach wildem Sex. Lang, lang ist's her. Lang ist's her.

Und ich war vollkommen erschöpft, aber nicht glücklich und entspannt, sondern zutiefst verunsichert. So hatte ich mir meinen friedlichen Lebensabend ganz und gar nicht vorgestellt. Du musst jetzt ganz bewusst an deinen alltäglichen Ritualen festhalten, sagte ich mir, damit du nicht ganz aus der Bahn fliegst. Also stellte ich Teewasser auf, holte die Zeitung herein und setzte mich an den Frühstückstisch, den ich aus alter Gewohnheit schon am Vorabend gedeckt hatte. Die Tabletten hatte ich vorsorglich auf den Teller gelegt.

Die Zeitung war auch nicht gerade zu meiner Erheiterung aufgelegt.

In Deutschland 500 000 Haustiere jährlich ausgesetzt, las ich in einer dpa-Meldung aus Bonn. Und weiter: *In Deutschland werden pro Jahr mehr als 500 000 Haustiere ausgesetzt, die meisten davon in der Ferienzeit. Der Deutsche Jagdschutzverband appelliert deshalb an alle Tierbesitzer, sich frühzeitig vor ihrem Urlaub um die Unterbringung ihrer Vierbeiner zu kümmern. Viele der ausgesetzten Tiere würden am Straßenrand verhungern oder würden überfahren. Zudem richteten wildernde Haustiere großen Schaden in der Natur an: Pro Jahr würden eine Million Wildtiere und Millionen von Singvögeln getötet.*

Auch Zweibeiner kann man aussetzen. Ist mein lieber Wowa vielleicht so eine ausgesetzte Kreatur, die jetzt verwildert wildert, um zu überleben? Keine Sentimentalitäten, befahl ich mir; lies lieber weiter:

Ach, was steht denn da auf der Lokalseite:

Motorroller ließ sich nicht kurzschließen

Vermutlich jugendliche Täter unbekannter Herkunft entwendeten in der Nacht zum Freitag einen Motorroller der Marke Suzuki vom Parkgelände neben der Seniorenwohnanlage. Offensichtlich konnten sie den Roller nicht kurzschließen und ließen ihn daher in der Feldgemarkung oberhalb der Kläranlage stark beschädigt zurück.

Wie das wohl in die Zeitung gekommen ist? Vermutlich verdient sich mein Freund, der Hausmeister, mit solchen Meldungen ein kleines Zubrot. Oder jemand bei der Polizei. Ein bisschen dichter an der Wahrheit wäre allerdings ganz nett gewesen. Doch das kann mir eigentlich gleichgültig sein, wie ich mich überhaupt mehr anstrengen sollte, mich nicht in die Probleme anderer Menschen hineinziehen zu lassen. Kaum habe ich diesen Entschluss gefasst, da klopft es an die Tür.

Es ist die Frau mit der Mundharmonika. Sie gehört zu jenen alten Menschen, die sich unausgesetzt bewegen müssen. Für

Patienten wie sie ist der Endlosgarten ideal. Jetzt jedoch scheint sie sich verlaufen zu haben und steht recht verzweifelt vor meinem Eingang. Was bleibt mir übrig, als sie zu beruhigen, sie vorsichtig unterzuhaken und hinüberzuführen in den Pflegebereich? Nur mit Mühe kann ich sie daran hindern, mir zum Dank ein Ständchen zu bringen. Ich weiß schon, was sie da spielen will, weil sie nur noch ein einziges Lied zu kennen scheint: Kein schöner Land zu dieser Zeit – als hier das unsre weit und breit – wo wir uns fihinden wohl unter Lihinden – zur Abendzeit. Wo wir uns finden, wohl unter Blinden und Tauben und Lahmen und total Verblödeten, und das Tag und Nacht, die ganze verdammt lange Lebensabendzeit.

Wie konnte ich nur so dämlich sein, freiwillig in dieses Heim zu gehen? Doch hatte ich überhaupt eine andere Wahl? Und noch verfüge ich über ein ganz ansehnliches Vermögen, und meine Rente ist auch nicht schlecht. Noch ist es dem Biest nicht gelungen, mir den Zugriff darauf verwehren zu lassen. Aber wenn sie mir irgendeine auffällige Verrücktheit nachweisen könnte, bekäme sie bei meinem Alter und all den Gerüchten, die sie bereits in die Welt gesetzt hat, vor Gericht höchstwahrscheinlich Recht. Man glaube dort, hatte die Ärztin gesagt, eher den Anverwandten als dem Patienten, denn dieser halte sich grundsätzlich selbst für gesund. Und bei medizinischen Tests rissen sich die meisten Kranken zusammen und schnitten infolgedessen ganz gut ab. Deshalb verließen sich die Experten lieber auf das Urteil der nächsten Angehörigen oder anderer Zeugen aus dem sozialen Umfeld. Fremdanamnese nenne man das.

Auf dem Rückweg in meine Wohnung begegnete ich dem alten Herrn. Er trug heute eine helle Sommerjacke und einen beigen Strohhut mit blauem Band, den er mit schwungvoller Geste vom Kopf riss, um mich zu grüßen und gleichzeitig vorbeizulassen; denn in diesem Augenblick wurde schon das Mittagessen für die Bettlägerigen auf der Station herangekarrt. Es war erst elf Uhr, und ich hatte noch nicht einmal meinen Frühstückstee getrunken. Der war jetzt kalt.

Neunzehn

Es ist mir nicht klar, ob Wowa bemerkt hat, wie entsetzt ich auf seine entblößten Arme geblickt habe. Fragen werde ich ihn ganz bestimmt nicht danach. Gestern benahm er sich jedenfalls völlig unbefangen, ganz wie sonst. Heute kam er etwas verspätet, und da Cora ungeduldig jaulend an der Türe kratzte, ließ ich sie hinaus. Sie rannte schnurstracks auf den jungen Kirschbaum zu, der gerade blüht, lief zweimal um dessen Stamm herum, krümmte ihren Rücken und hockte sich in dieser unnachahmlich lächerlichen Haltung hin, in der Hunde nun einmal ihr Geschäft zu machen pflegen. Ehe ich sie zurückrufen konnte, war es schon geschehen.

Da kam gerade Lena mit ihrem schrecklich rappelnden, aber durchaus praktischen Putzwagen, auf dem all ihr Gerät verstaut ist, des Wegs. Sie sah die Bescherung, winkte mir beruhigend zu, riss ein Stück Haushaltspapier von der Rolle, bückte sich und hob das Häuflein auf. Danke, rief ich erleichtert. Spassiba, tönte eine zweite Stimme. Das war Wowa. Nje sa schto, gab Lena zurück und ging lächelnd weiter.

Ach, Ihr kennt einander, bemerkte ich überflüssiger Weise. Sie ist Russin, gab Wowa zurück, als ob das eine Erklärung wäre. Es gibt mindestens tausend Russen in dieser kleinen Stadt, und Wowa will keinesfalls einer von ihnen sein. Lass das

Fragen, sagte ich mir; du rührst schon wieder in Sachen herum, die dich nichts angehen.

Ich setzte mich mit meinem neuen Buch, das ich inzwischen endlich abgeholt habe, gemütlich in meinen Sessel. Wowa hat Recht: Im Internet hätte ich all diese Informationen auch finden können, aber ein Buch bleibt eben doch ein Buch. Man hat etwas in der Hand, das man in vielerlei Hinsicht sinnlich wahrnehmen, manchmal sogar genießen kann. Mit einem Rechner zu Bett zu gehen, fiele mir nicht ein. Votre Mémoire – Ihr Gedächtnis. Gut es zu kennen, besser es zu nutzen – lautet der Titel. Hat das nicht schon der kritische Magister über den Verstand gesagt? Man solle den Mut haben, sich desselben zu bedienen, empfahl, nein befahl er, wenn mein Gedächtnis mich nicht täuscht.

Dieses trügerische Gedächtnis – habe ich nun wirklich Grund, mich darüber mehr als über meinen Verstand zu beklagen? Oder besteht da ein unmittelbarer Zusammenhang? Je älter man werde, um so mehr nehme die Leistungsfähigkeit des Gedächtnisses wie die der übrigen geistigen und körperlichen Funktionen ab, sagt mein Buch. Dieser Prozess beginne jedoch schon lange vor dem Rentenalter. Es werde einfach immer schwieriger, mehrere Dinge gleichzeitig zu tun.

Mein zerstreuter Professor konnte das nie. Wenn er beim Spazierengehen etwas ihm Wichtiges erklären wollte, blieb er unausweichlich stehen. Ihn beim morgendlichen Zeitunglesen um die Butter zu bitten oder ihn beim Telefonieren unterbrechen zu wollen, wäre vollkommen zwecklos gewesen. Er hätte es gar nicht gehört. Und fortwährend war er auf der Suche nach einem verlegten Gegenstand. Es war wie im Witz: Hinter jeder erfolgreichen Frau steht ein Mann, der verzweifelt nach seinen Socken ruft.

Das kluge Werk erklärt das so: Man müsse seine Schlüssel oder die Brille nur irgendwo abgelegt haben, während man gerade an etwas anderes gedacht habe, und schon werde es schwer, sie wiederzufinden, weil man die Handbewegung des Hinlegens vergessen habe. Sich an etwas derart Nebensächliches wie eine unbewusste, fast automatische Bewegung nicht erinnern zu können, kann das schon ein Zeichen mentalen Abbaus sein? Sollte man denn sein überlastetes müdes Hirn nicht bisweilen von dermaßen sinnlosem Ballast befreien dürfen, genau wie man seine PC-Speicher-Datei neu sortiert oder die Festplatte defragmentiert? Wowa hat gesagt, ich solle das regelmäßig tun, damit mein Rechner nicht zu langsam wird.

Im Allgemeinen sei zu beobachten, dass das Erinnerungsvermögen im Alter nicht mehr ausgewogen sei, las ich da. So bleibe auf Fachgebieten das gute Gedächtnis oft perfekt erhalten, während es beim Versagen meist um Dinge gehe, für die man sich nicht besonders interessierte. Das könnte erklären, warum man leichter lernt, wenn man motiviert ist und wirklich lernen will. Aber kann ich mir nur deshalb die Namen anderer Menschen so schlecht merken, weil sie mir vollkommen gleichgültig sind? Hoffentlich ahnen die das nicht!

Immer wieder legte ich das Buch beiseite und dachte über meine eigenen Erfahrungen nach. Wann beginnen meine frühesten Kindheitserinnerungen? Warum kann ich oft nicht sagen, was durch Fotografien oder durch Erzählungen anderer erhalten wurde und was durch Gerüche, Farben oder Klänge bisweilen wieder aufgerufen und lebendig wird?

Ich blickte auf die Uhr – wo bleiben sie nur? Wowa war zwar heute später gekommen, aber so lange war er noch nie mit Cora unterwegs. Schließlich tauchten sie auf. Er trug das Hündchen im Arm und streichelte es zärtlich. Um Gottes Willen, Wowa, ist Cora verletzt? Ist was passiert? Nein, nichts, alles in Ordnung. Er küsste Cora auf den Kopf und setzte sie auf den Boden. Dann wandte er sich abrupt um und krächzte nur noch: Großen Dank und alles, alles Gute. Und schon war er fort.

Erstaunt sah ich ihm nach und fragte mich, was wohl heute wieder in ihn gefahren sein mochte. Cora indes legte ihre Schnauze auf mein Knie und sah mich mit so viel Mitgefühl an, dass man bei einem Menschen wohl von einem Hundeblick gesprochen hätte. Ich fürchte, mein Hündchen, du hast Recht, murmelte ich beklommen. Das sah ganz nach einem Abschied aus.

Zwanzig

Als ich heute früh erwachte, wäre ich am liebsten nur mal eben ins Badezimmer gegangen und hätte mich dann gleich wieder ins Bett verkrochen. Ich war so niedergedrückt, dass mir alles unendlich anstrengend schien. Aber da war ja der Hund, der rausgelassen und gefüttert werden musste. Lustlos kleidete ich mich an und merkte erst, als ich die Jacke überstreifte, dass ich genau die gleichen Sachen angezogen hatte, die ich abends zuvor auf den Stuhl gelegt hatte. Keine frische Leibwäsche, keine andere Bluse – das war mir noch nie passiert. Richtig gewaschen hatte ich mich auch noch nicht.

So beginnt wahrscheinlich die Verwahrlosung im Alter, dachte ich. Eines Tages wirst du so ekelerregend sein, dass niemand es in deiner Nähe aushält. Du wirst nicht merken, wie du deine Kleider bekleckerst, du wirst vergessen, deine Haare zu bürsten, deine Zähne zu reinigen oder sie überhaupt anzuziehen, du wirst stinken. Aber selbst dieser Gedanke beunruhigte mich nicht, obwohl ich mein ganzes Leben lang überaus ordentlich gewesen war. Du, mein Silen, hattest mich bisweilen sogar eine Pedantin geheißen. Ich war von einer unerklärlichen Trauer eingesponnen, die mich mit ihrem Gewicht zu Boden zog. Ich hatte das Gefühl, nicht nur von Wowa, sondern wirklich von Gott und der Welt verlassen worden zu sein, wie man so leichtfertig sagt.

In diesem Zustand traf mich Frau Joschko an. Soll ich die Ärztin holen, fragte sie. Nein, danke, ich bin nicht krank. Mir fehlt nichts, was mit Tabletten geheilt werden könnte, hätte ich beinahe gesagt. Mir fehlt der Junge, hätte ich am Ende gar hinzugefügt. Aber das ging die Pflegehilfe nun wirklich gar nichts an, so nett sie auch bisweilen war. Reiß dich am Riemen, befahl ich mir. Vielleicht kommt er ja doch, und du hast nur wieder einmal mit deiner ewigen Angst, verlassen zu werden, zu tun. Ich schaltete den Fernseher ein und zappte mich durch die törichten Programme, die zu dieser Tageszeit angeboten werden. Bei einem Glücksspiel mit vielen Koffern blieb ich hängen. Kommt er, kommt er nicht?

Natürlich kam Wowa nicht. Gerade als ich überlegte, ob ich mit Cora in den Park fahren oder sie nur klammheimlich vor die Tür lassen sollte, kam die Sekretärin aufgeregt angelaufen. Kommen Sie doch bitte gleich mal mit rüber ins Büro. Da sind zwei Polizisten – die fragen nach Ihnen. Ich beeilte mich nicht sonderlich, ihrem Wunsch nachzukommen; aber es half natürlich alles nichts, ich würde Rede und Antwort stehen müssen. Die beiden Beamten machten einen ordentlichen Eindruck und benahmen sich auch ganz korrekt. Sie verlangten höflich, einen Ausweis zu sehen, blickten ernsthaft nickend auf das Dokument, boten mir einen Platz an und legten los.

Ein Diebstahl sei telefonisch gemeldet worden, woraufhin man zu dem entsprechenden Haus gefahren sei, die Anzeige dort aufgenommen und Spuren gesichert habe. Ein Jugendlicher namens Walter werde verdächtigt, im Laufe des vergangenen Monats einen sehr wertvollen neuen Computer gestohlen zu haben, während der Eigentümer desselben sich auf einer Dienstreise befand. Weder der vollständige Name des

Beschuldigten noch dessen Anschrift seien allerdings bekannt. Aber Sie, Frau Professor, wissen da angeblich mehr.

Ich kenne keinen Walter, sagte ich wahrheitsgemäß, in der vagen Hoffnung, dadurch etwas Zeit zu gewinnen und mir eine Strategie zurecht legen zu können. Es soll sich um einen Halbwüchsigen handeln, der sich um Ihren Hund gekümmert hat. Angeblich hatten Sie ihm gegen den ausdrücklichen Willen der Besitzerin einen Hausschlüssel anvertraut. Der Hausbesitzerin? Das ist wieder einmal typisch Biest. Wahrscheinlich meint sie Waldemar. Waldemar – und wie weiter? Waldemar Wagner. Ein deutscher Name. Ja, er ist Deutscher. Die Dame (?) sprach aber von einem Russen. Der eine Ordnungshüter machte sich Notizen auf einem Klemmblock, während sein Kollege aus dem Fenster blickte. Und die Adresse? Die kenne ich nicht. Er wohnt wohl bei seiner Mutter. Die Dame (schon wieder!) hat gesagt, er komme täglich um diese Zeit zu Ihnen, um den Hund auszuführen. Ist er jetzt da? Nein, er ist heute nicht gekommen. Warum? Das weiß ich nicht. Wie alt ist er? Gerade 16 geworden. Was macht er beruflich? Er ist Schüler. An welcher Schule? Keine Ahnung. Nun, das werden wir herausfinden. Vielen Dank für heute. Sie werden von uns hören.

Das klang bedrohlich, war aber vielleicht nur routinemäßig so dahin gesagt. Als ich zu meinem Apartment zurückging, kam Cora aus den Büschen hervorgesprungen, hüpfte bettelnd an mir empor und lief dann, als sie merkte, dass es diesmal keine Belohnung gab, vor mir her in unser kleines Reich. Warum habe ich den Verdacht gegen Wowa nicht umgehend ausgeräumt? Ich hätte doch nur sagen müssen, dass ich es war, die den Computer mitgenommen hat. Ganz spontan. Aus Wut. Aber wäre das nicht Wasser auf ihre Mühlen gewesen? Da sieht man doch, wie verrückt die Alte wirklich ist. Man muss sie unbedingt entmündigen, sonst richtet sie noch größeren Schaden an.

Und Wowa ist wirklich weg, davon war ich jetzt plötzlich überzeugt. Über alle Berge, auf Nimmerwiedersehen. Das soll nicht heißen, dass ich mir keine Sorgen um den Jungen machte. Ganz im Gegenteil.

Einundzwanzig

Vielleicht hat er mir ja, über SMS oder E-Mail, irgendeine Nachricht geschickt, damit ich ihn kontaktieren kann. Er weiß zwar, dass ich immer noch ungeschickt mit diesen Geräten umgehe, aber er würde das sicher so klar und einfach machen, dass ich damit zurecht käme.

Sehr viel früher als sonst, nämlich gleich nach dem Frühstück, schaltete ich deshalb den Computer ein, um nachzusehen, ob es irgendeine neue Botschaft gab. Ja, da war eine Message herunterzuladen: *Ab jetzt keine Probleme mehr. Sex ist befriedigender denn je, Stress und Leistungsdruck verschwinden. Es ist ein wundervolles körperliches Erlebnis, dem ein genauso tiefes Gefühl folgt. Jetzt anonym bestellen. Original Qualität. Die Nebenwirkungen sind minimal: manchmal eine verstopfte Nase, kurzzeitig ein roter Kopf – kein Kopfschmerz, sondern das Gefühl, als würde man eine Flasche eiskalte Cola in einem Zug trinken. Eine volle 100-mg-Dosis macht deinen Schwanz zum Schwert … Und wenn man das gute Stück zwischen den Höhepunkten auch mal hängen lassen will, zur Not hilft es da vielleicht, sich ein nacktes Großmütterchen vorzustellen …*

Pfui Kuckuck – was soll denn dieser Schweinekram, warum schickt man so etwas ausgerechnet mir? Gemeiner kann man sich doch kaum über eine alte Frau lustig machen. Ist das etwa eine sogenannte Spam? Wowa hat gesagt, ich solle da noch einen Filter einbauen, der derartige Mails aussortiert. Ich hatte gelacht und gesagt, auch Reklame könne vielleicht ganz amüsant sein. Auf diese Weise bekäme ich wenigstens ab und an etwas geschickt und verlöre nicht ganz den Kontakt zur Außenwelt. Ich konnte ja nicht ahnen, was das mit sich bringen würde. Hätte ich doch nur auf ihn gehört!

Jetzt war es zu spät. Ohnedies sollte ich den Laptop vielleicht besser verstecken, für den Fall, dass der Verdacht auf mich fallen sollte, ihn gestohlen zu haben. Aber was konnte man mir schon anhaben? Schlimmstenfalls würde ich dem Kerl genug Geld geben, damit er sich einen neuen PC kaufen könnte. Von mir aus noch größer und schöner und perfekter. Diesen hier gebe ich auf keinen Fall wieder her, jedenfalls nicht, solange mein Tagebuch auf der Festplatte steht. Ich weiß ja nicht, ob es durch den Code wirklich geschützt ist oder ob nicht Experten jederzeit den Chiffrierschlüssel knacken könnten. Aber natürlich würde das Biest die Gelegenheit nicht ungenutzt lassen, auf meine Verwirrtheit hinzuweisen, in der ich den Computer beim Umzug einfach mitgenommen hätte, obwohl er sich nicht einmal in meiner Wohnung, sondern in seinem Arbeitszimmer befand.

Wie sollte das weitergehen? Ich nahm die Zeitung zur Hand und suchte Rat in meinem Horoskop: *Die Sterne fordern von Ihnen jetzt viel Geduld. Es kann nämlich heftig werden. Schützen Sie sich vor allem vor Menschen, die Ihnen nicht gut tun. Halten Sie sich daher bewusst zurück. Saturn zeigt Ihnen ihre persönlichen Grenzen auf. Das wird schwierig. Venus hingegen wirkt sehr anregend. Ein Liebesabenteuer winkt.*

Wenn das so weitergeht, dann glaube ich bald auch noch an den Weihnachtsmann. Das Haustelefon klingelte. Es war die

Sekretärin, die sagte, die Ärztin sei gerade im Haus. Ob ich sie zu sehen wünsche. Nein, danke, mir geht es gut. Doch, halt, Moment bitte, ja, ich möchte sie ganz gerne sprechen, wenn sie einen Moment Zeit für mich hat.

Schon zwei Minuten später war sie da. Frau Joschko meinte, Sie wirkten bedrückt, und ich sollte einmal nach Ihnen schauen. Vielleicht sind Sie ein wenig deprimiert? Das wäre nach der Umstellung auf das Leben hier nicht weiter verwunderlich. Sie sollten sich nicht so abkapseln, sondern mehr Kontakt zu den anderen suchen. Es gibt da zum Beispiel eine ganz nette Gymnastikgruppe. Die würde Ihnen sicher gut tun. Ich könnte Ihnen auch gerne ein paar Tabletten verschreiben, die Ihre Stimmung aufhellen würden. Wollen Sie das? Nein, danke, das brauch ich nicht – ich habe da eine ganz andere Frage: Sie sagten neulich, Ihre Tochter gehe in die Parallelklasse von Waldemar Wagner. In welcher Schule ist sie denn? Und wissen Sie zufällig, wie Waldemars Klassenlehrer heißt? Sie besucht die Goetheschule, den Realschulzweig. Und Waldis Klassenlehrer – ich glaube, das ist Herr Schäfer. Ja, der unterrichtet Mathe und Physik. Vielleicht auch noch Sport. Was ist denn mit dem Jungen? Hat er schon wieder etwas ausgefressen? Sagen Sie bloß nicht, ich hätte Sie nicht gewarnt!

Nachdem sie gegangen war, rief ich die Schule an und bat um einen Termin mit Herrn Schäfer. In welcher Angelegenheit? Es handelt sich um einen Schüler, Waldemar Wagner. Sind Sie erziehungsberechtigt? Ja, nein, aber ich glaube, es gibt da ein ernstes Problem. Ist es denn dringend? Ja, durchaus. Na gut, dann kommen Sie morgen um 10 Uhr in der großen Pause. Herr Schäfer hat dann maximal eine Viertelstunde Zeit für Sie.

Zweiundzwanzig

Jetzt bin ich bald achtzig Jahre alt, aber noch immer verfalle ich in ein ganz und gar dämliches, geradezu unterwürfiges Verhalten, sobald ich ein Schulgebäude betrete. Schon der Geruch der Reinigungsmittel nimmt mir jeden Mut. Vielleicht hätte ich das abgelegt, hätte ich eigene Kinder gehabt und mich quasi automatisch mit der Erwachsenenrolle identifiziert und wäre so durch viele Jahre als mindestens gleichrangige Gesprächspartnerin der Lehrkräfte aufgetreten.

In der Schulzeit meiner Stieftochter ging ich höchst selten zu den regelmäßigen Elternabenden; und wenn, dann saß ich schweigend irgendwo hinten im Raum und wunderte mich in aller Stille über die Vielzahl der Probleme, die da in nicht enden wollenden Debatten hin und her gewälzt wurden. Gegen jeden Lösungsvorschlag gab es sofort heftige Einwände, jede mir vernünftig scheinende Idee wurde umgehend mit einer gewaltigen moralischen Keule totgeschlagen, in der vom Wohl des Kindes, vom Bildungsauftrag, von der Sicherheit der Zukunft, von der Verantwortung und von gesetzlichen Vorgaben die Rede war. Bei größeren Schulfesten ließ der stolze Herr Papa es sich nicht nehmen, höchstpersönlich in Erscheinung zu treten, und selbstverständlich wurde der Herr Professor jeweils ehrerbietig begrüßt. Das war's dann aber auch schon. Da das kleine Biest als Schülerin eher unauffällig blieb, schien ein stärkeres Engagement unsererseits nie vonnöten.

Warum ist das eigentlich so, dachte ich, als ich heute morgen im Taxi zur Goetheschule fuhr; warum können Menschen einander bis zum Tode immer nur auf drei Ebenen begegnen? Oben, Mitte, unten. Entweder Eltern (oben) gegen Kind (unten) oder umgekehrt. Lehrer-Schüler, Arzt-Patient, Beamter-Bittsteller. In der Mitte sollte doch wohl die Mehrheit eigenständiger mündiger Erwachsener einander gegenüber stehen. Ja, das sollte das Normale sein. Wenn man sich so umschaut, finden jedoch die wenigsten Kontakte auf der mittleren Ebene statt. In wie vielen Ehen wird das Vati- oder Mutti-Spiel bis zum Exzess betrieben, eine echte Partnerschaft, wie die zwischen dir, mein Silen, und mir, scheint äußerst selten zu sein. Du hast nie Mami zu mir gesagt – das rechne ich dir ganz hoch an. Allerdings hatten wir keine gemeinsamen Kinder.

Nun gut, ich werde mich zusammennehmen, um nicht als klägliche Bittstellerin vor diesem Studienrat oder gar Oberstudienrat zu stehen. Schließlich will ich ja nur wissen, ob er ahnt, wohin mein Wowa verschwunden ist.

Sie wollen mit mir über Waldemar Wagner sprechen? Wissen Sie, dass das das erste Mal ist, dass irgendjemand nach dem fragt? Außer der Polizei. Typisch verwahrlostes, ohne Vater aufgewachsenes Großstadtkind. Ich glaube, er kommt aus Novosibirsk. Er ist jetzt schon mehrere Tage dem Unterricht ferngeblieben, und ich müsste lügen, wenn ich behauptete, dass er fehlt. So einer stört die Arbeit ganz erheblich, zumal er mit seiner Frechheit den Mitschülern imponiert. So eine Klasse ist wie ein Korb voller Äpfel: Wenn einer faul ist, steckt er alle anderen an. Wenn Sie mich fragen, dann steht dieser Wagner längst mitten im kriminellen Leben. Sie glauben gar nicht, was der schon alles ausgefressen hat. Jetzt ist er endlich 16 geworden, und ich bin wirklich froh, dass damit unsere Beschulungspflicht entfällt. Der kann von mir aus bleiben, wo er will.

Ich mache mir aber ernstlich Sorgen, dass er in Schwierigkeiten geraten sein könnte. Als ich ihn zum letzten Mal sah, wirkte er äußerst bedrückt. (Mir kamen beinahe die Tränen, als ich unwillkürlich an die Abschiedsszene dachte, und ich musste mich räuspern, damit meine Stimme nicht allzu erbärmlich klang.)

Wenn das so ist, warum kommen Sie dann zu mir und gehen nicht direkt zur Polizei? Die können Ihnen sicher gleich eine ganze Liste von Straftaten vorlegen, in die der Junge verwickelt ist. Zuletzt hat er angeblich einen Computer gestohlen. Wie war noch gleich Ihr Name? War das nicht Ihre Tochter, die Anzeige erstattet hat? Zwei Polizisten waren nämlich schon gestern hier bei uns und haben den Wagner gesucht. So, jetzt müssen Sie mich aber leider entschuldigen – ich muss wieder zum Unterricht.

Das Taxi hatte ich draußen warten lassen. Großstadtkind? Ohne Vater aufgewachsen? Das stimmte überhaupt nicht mit Wowas Erzählungen überein. Hatte der charmante Schlawiner mir lauter Lügenmärchen aufgetischt, um sich in mein Herz einzuschleichen, was ihm ja tatsächlich auch gelungen war? Ich sah die Szenen vor mir, die er so farbenfroh beschrieben hatte: die roten Kühe in der silbrig goldenen Taiga, die quarkbeschmierte sogenannte Schwester mit ihrem bunten Kopftuch auf dem Küchentisch. Und dieser Vater. Konnte das wirklich alles nur erfunden sein? Vielleicht ist er krank? Es soll doch so etwas geben wie krankhafte Einbildung, das sogenannte Münchhausen-Syndrom. Vielleicht ist das sein Problem? Ich muss gleich einmal im Internet nachsehen, was genau dieser Begriff beschreibt und wie es sich damit verhält.

Dreiundzwanzig

Gestern Nachmittag habe ich mich doch tatsächlich breitschlagen lassen, in die Cafeteria hinüber zu gehen und mich dort für ein paar Stunden am Canasta-Spiel zu beteiligen. Frau Joschko hatte darauf bestanden – ich solle endlich aus meinem Schneckenhaus heraus kriechen, hatte sie gesagt; die Einsamkeit tue mir nicht gut. Auch wenn ich mir das nur widerstrebend eingestehe, ein ganz klein wenig hat sie schon Recht.

Es war eine Ewigkeit her, dass ich zum letzten Mal gespielt hatte, und meine Partner mussten einige Geduld mit mir aufbringen, bis ich so einigermaßen wieder die Regeln beherrschte. Aber dann war es eigentlich ein recht netter Zeitvertreib, der einige Konzentration erforderte und dadurch meine düsteren Gedanken für eine Weile verdrängte. Der alte Herr saß an einem Nebentisch, spielte mit dem Knauf seines Spazierstocks und sah immer wieder verstohlen zu mir herüber. Ab und an lächelte er. Frau Joschko stand stolz grinsend hinter der Theke, brühte koffeinfreien Kaffee auf und schnitt Streuselkuchen in winzige Würfel, die man einfach so, ohne Gabel, in den Mund schieben konnte, was die mir gegenüber sitzende Frau auch tatsächlich ohne Unterbrechung tat. Wahrscheinlich hätte dieser seltsame Fressautomat auch Zwiebeln oder rohe Kartoffeln verschlungen, aber beim Kartenspiel wirkte die Alte keineswegs verwirrt, sondern im Gegenteil unglaublich routiniert. Vermutlich hatte sie ihr ganzes Leben lang viel Zeit mit derartigem Müßiggang verbracht. Ob sie wohl früher einen Beruf ausgeübt hatte oder ausschließlich Hausfrau gewesen war? Natürlich hätte ich Sie fragen können, aber dann wäre ich Gefahr gelaufen, mich auf ein weiteres fremdes Schicksal einzulassen. Die Sorge um Wowa deckte meinen Bedarf an Irritation.

Schon beim Aufstehen hatte ich mir heute vorgenommen, mich möglichst gleich nach dem Frühstück im Internet über das Münchhausen-Syndrom zu informieren. Natürlich hatte ich bald mehrere Seiten über die unterhaltsamen Lügengeschichten des Freiherrn Hieronymus Carl Friedrich von und zu Münchhausen gefunden, von dessen wunderbaren Reisen zu Wasser und zu Lande und von dessen Ritt auf einer Kanonenkugel ich schon als Kind begeistert gelesen hatte. Doch tatsächlich gab es da auch noch ein Krankheitsbild gleichen Namens. Dieses schien allerdings alles andere als amüsant zu sein. Denn da versucht ein Mensch, sich und seine Gesundheit so weit zu schädigen, dass man ihn im Krankenhaus aufnimmt, als Patienten ernst nimmt, gründlich untersucht und bisweilen sogar operiert, obwohl alles nur raffiniert vorgetäuscht ist. Es handelt sich aber nicht um die Simulation eines Betrügers, sondern um ein tatsächlich krankhaftes Verhalten. Mit anderen Worten: Diese *malades imaginaires* sind wirklich krank.

Häufig kämen derartige Patienten aus schwierigen Verhältnissen, las ich da. Inzest, Sucht der Eltern, Kindesmisshandlung oder kriminelle Entgleisungen seien keine Seltenheit. Und sie entwickelten im Verlaufe ihres vorgetäuschten Leidens oft weitere schwere seelische Störungen, die dann therapeutisch kaum mehr zugänglich seien.

Nein, an dieser seltsamen und hoffentlich auch seltenen Krankheit litt Wowa hoffentlich, nein sicherlich nicht. Aber seine Selbstverletzungen, seine Narben an den Armen, wie auch sein familiärer Hintergrund, so weit ich ihn zu kennen glaubte, deuteten durchaus in diese Richtung, vielleicht sogar auf eine seelische Entgleisung hin. Wo konnte ich nur erfahren, ob der Junge schon einmal in psychologischer oder gar psychiatrischer Behandlung gewesen war? War er am Ende selbstmordgefährdet? Schulamt, Jugendamt, sozialer Dienst, Gesundheitsamt? Wenn er als Schüler so auffällig gewesen war, wie dieser abgestumpfte Pädagoge behauptete, und wenn seine familiären Verhältnisse tatsächlich so undurchsichtig waren, wie es mir schien, dann musste er doch irgendwann einmal einem Facharzt vorgestellt worden sein.

Nachdenklich starrte ich auf den Monitor. Da fiel mein Blick auf andere Programme, Spiele. Es konnte ja nicht schaden, einmal nachzusehen, was es da alles gab. Freecell, Hearts, Internet Backgammon, Minesweeper, Pinball, Solitär, Spider Solitär undundund. Ein unglaublich breites Angebot an kostenloser Unterhaltung. Ist das der Grund, warum man so oft beim Telefonieren den Eindruck gewinnen kann, der Gesprächspartner am anderen Ende der Leitung sei nicht so ganz bei der Sache, weil er oder sie gerade mit dem Verschieben von Karten oder Ähnlichem beschäftigt ist? Und sind aus diesem Grund und nicht etwa aus Gründen der Diskretion und des Datenschutzes die Bildschirme der Rechner in den meisten Büros eigentlich immer nur von hinten zu sehen? Das muss ja ein gewaltiger volkswirtschaftlicher Schaden sein, der allein dadurch entsteht, dass Angestellte ständig durch Spiele von ihren Aufgaben abgelenkt werden. Und erst der Verlust an teurer Arbeitszeit! Undenkbar, dass es das zu meiner Zeit in unserem Institut gegeben haben sollte. Ich hätte mit unerbittlicher Härte durchgegriffen, natürlich mit deiner Unterstützung, nicht wahr, mein Silen.

Aber einer greisen Pensionistin sollte das Vergnügen eigentlich zu gönnen sein. Zumal mein Gedächtnisbuch zu einem Drittel aus spielerischen Übungen besteht, mit deren Hilfe man angeblich seine Merkfähigkeit trainieren kann, weil, wie der Herausgeber sagt, das Gedächtnis zwar kein Muskel ist, sondern ein höchst kompliziertes System, weil aber doch jedes neue Erlebnis und jede neue Information eine Spur darin hinterlässt. Vor allem wenn man Spaß daran hat.

Vierundzwanzig

Spaß – das war ein völlig ungebräuchliches, ja fast ein Fremdwort in meinem bisherigen Leben. Man liest ja immer wieder, Spaß müsse sein in unserer Spaßgesellschaft. Aber darunter vorstellen konnte ich mir bis dato allenfalls überflüssige Albernheiten, wie beispielsweise die verkrampft fröhlichen Wortspiele in den Überschriften meiner Provinzzeitung oder irgendwelche hirnrissigen Fernsehsendungen unter dem Modetitel »Comedy«, in denen man sich erbarmungslos über alle möglichen menschlichen Mängel lustig macht. Verstehen Sie Spaß und können Sie Schadenfreude genießen? Verstehen Sie Spaß, oder kann man Sie etwa beleidigen?

Spaß beiseite, dachte ich, aber da hatte ich nicht mit Frau Joschko gerechnet. Sie hat sich leider angewöhnt, sich besonders intensiv um mich zu kümmern, obwohl ich sie keineswegs darum gebeten habe. Vielleicht will sie auch nur manchmal dem Irrenhaus dort drüben entkommen und mit jemandem reden, der noch einigermaßen in der Realität zu Hause ist.

Heute konnte sie sich vor Lachen kaum halten. Stellen Sie sich vor, kicherte sie, vorhin habe ich einer Patientin beim Duschen geholfen. Na, gehen wir heute wieder in die Kirche, habe ich sie gefragt. Ich weiß ja, dass sie streng katholisch ist und unbedingt jeden Sonntag zur Messe will, aber irgendetwas muss man schließlich reden bei der Arbeit. Die Frau blickte jedoch ratlos auf ihre nassen nackten Beine und lehnte einen Kirchgang ganz entschieden ab. Eine halbe Stunde später, als sie frisch gekämmt und fertig angezogen war, packte sie ihr Gebetbuch und erklärte genau so resolut, jetzt wolle sie endlich gehen. Theoretisch weiß ich ja, dass sie sich beim Duschen unmöglich vorstellen konnte, nackt, wie der Herrgott sie geschaffen hat, vor diesen hin zu treten. Aber manchmal erlebt man da doch so seine Überraschungen. Na, Spaß muss sein.

Es ist also mal wieder Sonntag, dachte ich. Wenn heute jemand vom medizinischen Dienst gekommen wäre, um mich in eine Pflegestufe einzuteilen, hätte ich die Frage nach dem Wochentag wahrscheinlich nicht beantworten können, obwohl mir hätte auffallen müssen, dass es morgens keine Zeitung gab. Und das Datum? Auch nur so ungefähr. Wenn heute Sonntag ist, hat es wohl wenig Sinn, zur Polizei zu gehen. Natürlich haben die auch einen Sonntagsdienst, aber die Station ist wahrscheinlich schwach besetzt, und sie kümmern sich dann sicher ungern um Dinge, die in ihren Augen nicht so eilig sind. Einkaufen geht auch nicht. Was mache ich nur mit einem so trostlos inhaltsleeren Tag?

Als hätte sie meine Gedanken gelesen, lud Frau Joschko mich zum Kaffeetrinken in die Cafeteria ein. Warum nennt man diesen Gemeinschaftsraum eigentlich Cafeteria und nicht einfach Café? Wegen der Selbstbedienung, oder weil das schick und modisch klingt? Kommen Sie, ab drei Uhr gibt es dort ganz besonders viel guten Kuchen, denn heute ist Muttertag. Oder bekommen Sie Besuch?

Der Zweifel in ihrer Stimme war unüberhörbar. Wie konnte ich nur so naiv gewesen sein, anzunehmen, dass über die Privatangelegenheiten der Gäste – so nennt man die Bewohner im Außenbereich, aber das erwähnte ich wohl schon – nicht genau so gesprochen wurde wie über die der Patienten. Zumal wir ja in den Augen des Pflegepersonals in einer Art Purgatorium lebten und immer zugleich Aspiranten auf die frei werdenden Plätze im inneren Kreis dieser Hölle waren. Mein Gott, was für finstere Gedanken! Aber hatte der Dichter das denn nicht eine Komödie genannt? Ja, Spaß muss sein.

Nachdem ich das Fernsehprogramm für diesen Nachmittag studiert hatte, entschloss ich mich tatsächlich, Frau Joschkos Einladung zu folgen. Was konnte schon passieren, ich konnte schließlich jederzeit wieder weggehen. Gegen Mittag lieferte Fleurop Blumen für mich ab. Auf der beigefügten Karte stand in Druckbuchstaben, ohne Unterschrift *Der verehrten Frau Mama zum Muttertag.* Es war ein prachtvoller großer bunter Strauß Rosen. Sollte das Biest wirklich über seinen Schatten gesprungen sein? Wen wollte es damit beeindrucken? Mich sicher nicht.

Es war erstaunlich, wie viele neue Gesichter in der Cafeteria zu sehen waren. Ganze Knäuel von aufmerksam lauschenden oder mit süßlicher Stimme säuselnden Angehörigen hatten sich um die sonst so einsamen Heimbewohner geschart. Auf allen Tischen standen Blumen, überall lagen kleine Päckchen.

Nur der alte Herr saß ganz alleine da. Als er mich sah, erhob er sich und ging mir strahlend entgegen. Frau Joschko packte meinen Unterarm und raunte mir zu: Jetzt müssen Sie sich bitte für die schönen Blumen bedanken. Die sind von ihm.

Fünfundzwanzig

O mein Gott! Das Lächeln gefror auf meinen Lippen. Was nun? Aber schon stand er vor mir, erwartungsvoll, und es war völlig undenkbar, einfach kehrt zu machen und zu verschwinden. Also reichte ich ihm die Hand, über die er sich galant beugte, um sie ganz zart, eigentlich nur andeutungsweise, zu küssen. Er schob mir einen Sessel zurecht, auf dem ich mit dem ganzen Gewicht meines Körpers in mich zusammensackte. Das hatte gerade noch gefehlt, dieser Friedhofsdeserteur hielt mich doch tatsächlich für seine Mutter.

Ich hatte ja schon bemerkt, dass eine ordentliche Konversation mit ihm kaum möglich war, weil er innerhalb eines jeden Satzes den Faden zu verlieren schien. Und Frau Joschko hatte mir auch längst erzählt, dass der Herr Ingenieur, wie sie ihn nannte, die Putzfrauen zum Wahnsinn trieb, indem er unablässig sämtliche Lichtschalter im Hause mit Filzschreibern markierte, rot für an und blau für aus. Aber dass es so schlimm um ihn stand, hätte ich mir in meinen schlimmsten Träumen nicht vorgestellt. Äußerlich wirkte er doch ganz fabelhaft gewandt und gepflegt. Vermutlich hielt er sich selbst für einen jungen Mann, jung genug jedenfalls, mein Sohn zu sein.

Er schien sich nicht weiter zu wundern, dass ich zunächst kein Wort herausbrachte, sondern lächelte glücklich vor sich hin. Jetzt musste ich mich einfach zusammennehmen, um ihm die Freude nicht zu verderben. Danke, sagte ich, die Blumen sind wunderschön. Wir hatten immer Rosen im Garten, nicht wahr? Ja und Dingsda, diese hohen Dinger, die so gut riechen. Flieder? Ja, Flieder. Wie sollte dieses Gespräch nur weitergehen? Sollte ich du zu ihm sagen oder Sie? Meinem Sohn förmlich das Du anzubieten, war ja kaum möglich – wirklich eine groteske Situation.

Zum Glück wurden wir unterbrochen. Der kleine Auswahlchor des Frauengesangvereins Lyra wollte ein paar Lieder vortragen, als kleines Geschenk für alle zum Muttertag. Farbige Zettel mit Texten wurden verteilt, und alle wurden zum Mitsingen aufgefordert. Normalerweise ist so etwas für mich die reine Zumutung. Gestern jedoch stürzte ich mich vorbehaltlos in das absurde Vergnügen, uralte Volkslieder mitzuträllern, deren Melodien tatsächlich irgendwo in meinem Gedächtnis abgelagert waren. Horch, was kommt von draußen rein, hollahi, hollaho, wird ja wohl mein Söhnlein sein, hollahiaho. Mir war zum Heulen zumute, aber das Singen tat gerade deshalb gut. Wie bei einer Beisetzung. Ja, genau das war es – ich musste einen Traum begraben. Am Brunnen vor dem Tore, dieses Selbstmörderlied, bei dem der Wanderer im Lindenbaum seine ewige Ruh finden will. Und natürlich schon wieder, immer wieder Kein schöner Land …

Die Frau mit der Mundharmonika hatte schon die ersten Gesänge verhalten begleitet. Doch nun drehte sie zu voller Lautstärke auf. Einige der Gäste hielten sich total zurück, andere sangen übertrieben eifrig mit, schwenkten sogar die Arme im Takt, blickten aber gleichfalls immer wieder auf die Uhr über der Theke oder an ihrem Handgelenk. Irgendwann musste diese jährliche Pflichtübung ja doch zu einem Ende kommen.

Ich brauchte keine Migräne vorzuschützen, um mich bald zurückziehen zu können. Alle brachen auf. Umarmungen, warnende Worte, pass gut auf dich auf, ruf an, wenn du etwas brauchst, aber du bist ja hier wirklich gut aufgehoben …

Das war gestern. Es kommt mir jedoch vor, als wäre es schon viele Wochen her. Heute früh bestellte ich mir das Mini-Taxi, um jetzt endlich zur Polizei zu fahren. Es war gerade kein Wagen frei, deshalb musste ich etwas warten. Ich nahm die Montagszeitung zur Hand, in der fast ausschließlich vom Sport am Wochenende berichtet wird. Doch da stand, unter Lokales, *Fünf Völker vernichtet* – welch sensationelle Überschrift. *Unbekannte haben in der vergangenen Woche in der Gemarkung Finkbach sechs Bienenstöcke zerstört. Einer von ihnen beinhaltete nur Waben. Die anderen fünf waren von Völkern belegt, die durch die Tat völlig vernichtet wurden. Nach den Spuren am Ort des Geschehens warfen die Täter die Waben mit den Insekten in angrenzende Hecken. Der Imker hat Anzeige erstattet, die Polizei hat Ermittlungen aufgenommen und bittet um Hinweise. Der Sachschaden beträgt 1500 Euro. Für sachdienliche Hinweise ist eine Belohnung von 300 Euro ausgesetzt.*

Hoffentlich hat nicht auch das schon wieder mit Wowa zu tun! Wie lange bist du jetzt weg, mein Junge? Bist du etwa wegen dieses Dummejungenstreichs untergetaucht? Warum meldest du dich nicht? Du weißt doch, dass ich dich niemals anzeigen würde.

Sechsundzwanzig

Als ich endlich an der Polizeistation ankam, herrschte dort eifriges Treiben. Uniformierte Beamte kamen und gingen, Zurufe wurden ausgetauscht, Türen aufgerissen und zugeschlagen. Zunächst glaubte ich, in irgendeine spannende Aktion hineingeraten zu sein. Klammheimlich freute ich mich schon – endlich mal was los. Aber allmählich verstärkte sich der Eindruck, dass es sich lediglich um einen Schichtwechsel handelte, der durchaus einige Zeit in Anspruch nahm. Jedenfalls musste ich lange warten. Zum Glück hatte ich mit dem Taxifahrer eine Pauschalsumme vereinbart, so dass ich nicht auch noch für diesen überflüssigen Zeitverlust bezahlen musste.

So, junge Frau, was haben wir denn auf dem Herzen? Das war doch tatsächlich einer der beiden Polizisten, die im Büro des Heims gewesen waren und nach Wowa gefragt hatten. Der Stumme. Ich wollte nur fragen, ob Sie den Jungen, den Waldemar Wagner, inzwischen gefunden haben. Ach so, den, nein, so viel ich weiß, ist der noch nicht wieder aufgetaucht. Hat denn niemand eine Suchanzeige aufgegeben? Eine Vermisstenanzeige meinen Sie? Nicht dass ich wüsste. Ich kann mir auch nicht denken, dass den irgendjemand echt vermisst. Seit wann ist er denn abgängig? Seit einer Woche. Ach, das ist doch nichts. Wie alt war er noch? 16? Ja, was glauben denn Sie, wie viele Jugendliche in dem Alter ständig irgendwo gesucht werden. Meistens haben sie nur niemandem gesagt, dass sie mal eben ein paar Tage bei der Freundin übernachten wollen. Manchmal laufen sie aber auch vor einer möglichen Strafe davon. Oder sie haben sich was reingezogen und schlafen irgendwo ihren Rausch aus. In Deutschland verschwinden jedes Jahr weit über tausend Jugendliche. Höchstens 50 davon sind dann für immer weg. Was glauben Sie denn, gute Frau, wie wir bei unserer personellen Unterbesetzung all diesen Fällen nachgehen können? Wenn der nach einem Monat noch nicht wieder aufgetaucht ist, dann dürfen Sie von mir aus anfangen, sich Sorgen zu machen.

Aber wenn Sie etwas von ihm hören, dann melden Sie uns das bitte gleich. Hier ist die Nummer, unter der Sie uns Tag und Nacht erreichen. Er wird nämlich dringend in einem Fall von Erpressung auf dem Schulhof als Zeuge gebraucht. Außerdem liegt sowieso mindestens eine Anzeige gegen ihn vor. Vielleicht ist er aber auch immer nur der dritte Mann, der Schmiere steht. Erst vorige Woche haben wir zwei 15jährige Einbrecher geschnappt. Anwohner in der Bahnhofstraße hatten die beobachtet, wie sie mitten am Tag, stellen Sie sich das vor, wirklich mitten am helllichten Tag an einem gekippten Fenster hantierten und schließlich einstiegen. Da ihnen die Sache verdächtig vorkam, verständigten die Nachbarn uns. Zeitgleich kam der Wohnungseigentümer nach Hause. Die Eindringlinge bemerkten offenbar das ankommende Auto, schnappten sich eine Digitalkamera und machten sich über den Balkon aus dem Staub. Beide flüchteten auf die in der Nähe befindliche Gleisanlage und rannten davon. Von den Nachbarn informiert, nahm der Geschädigte die Verfolgung auf. Das bemerkten die Flüchtigen. Schnell versteckten sie die Kamera im Gebüsch und rannten weiter. In der Feldgemarkung ließen sie sich jedoch schließlich vom Geschädigten festnehmen, der sie so lange festhielt, bis wir da waren.

Warum ich Ihnen das so genau erzähle? Da war angeblich noch ein Dritter im Spiel, der Schmiere stand. Die beiden rücken seinen Namen nicht heraus. Sie behaupten, ihn gerade erst zufällig im JUZ getroffen zu haben und nicht näher zu kennen. Er habe nichts mit der Sache zu tun. Die Beschreibung passt allerdings auf diesen Wagner. Ziemlich groß, rotblonde Haare, Sommersprossen. Die beiden wurden natürlich dem Haftrichter vorgeführt, der sie aber gleich in die Obhut unserer Jugendpflege entlassen hat. Heute laufen die schon wieder frei herum. Von wegen Machtmonopol des Staates. Uns sind die Hände gebunden. Vielleicht können Sie verstehen, dass mich das manchmal echt wütend macht. Wir machen die ganze Drecksarbeit, laufen uns die Hacken ab, und das hohe Gericht, das von der Wirklichkeit keine Ahnung hat, greift dann einfach nicht durch.

Dass dieser schweigsame Mensch plötzlich so viel redete! Wahrscheinlich war der andere sein Vorgesetzter, der ihn sonst nie zu Wort kommen ließ. Aber was hatte ich aus dieser Suada gelernt? Dass Wowa offenbar wirklich in Schwierigkeiten steckte. Warum nur hatte der Junge sich mir nicht anvertraut? Vielleicht hätte ich ihm irgendwie aus seiner Patsche helfen können. Und sei es mit Geld.

Bis auf die gewohnten Schmerzen in den Knien hatte es mir keinerlei Mühe bereitet, die breite Außentreppe des Polizeigebäudes hinaufzugehen, aber auf dem Weg hinunter wurde ich plötzlich so unsicher, dass ich nach dem Geländer greifen musste, sonst wäre ich am Ende gar gestürzt. Ich erschrak. Liegt das an meiner neuen bifokalen Brille oder etwa daran, dass im Seniorenheim alles ebenerdig ist? Kann man denn verlernen, Stufen zu gehen? Beherrscht man so etwas nicht sein Leben lang wie Schwimmen oder Radfahren? Oder war da etwas in meinem Kopf in Unordnung geraten? War mein Gleichgewichtssinn etwa gestört?

Ziemlich verstört jedenfalls stieg ich in den am Straßenrand wartenden Wagen und fuhr zurück. Unterwegs dachte ich schon wieder an Wowa. Wenn er wirklich dieser dritte Mann gewesen war, dann hieße das doch, dass er zumindest zu diesem Zeitpunkt noch ganz in der Nähe gewesen sein musste. Doch das erklärte eigentlich nichts.

Siebenundzwanzig

Vermisst – plötzlich war da wieder dieses schreckliche Wort, das meine Jugend überschattet hatte. Denn seit Stalingrad galt mein Vater als verschollen. Die letzte Nachricht, die Mutter von ihm erhielt, kam indes nicht von einem regulären Truppenteil der 6. Armee, sondern war ein Feldpostbrief ohne Absender, der ewig unterwegs gewesen sein musste. Ich war damals vierzehn und hatte meinen geliebten Vater schon fast zwei Jahre lang nicht mehr gesehen. Nicht auszumachen, wie viele Bildchen ich in dieser Zeit für ihn gemalt, wie viele ungelenke Reime ich gedrechselt und wie viele Plätzchen ich für ihn gebacken habe. Sogar Socken und Fäustlinge wurden gestrickt. Jeden Abend schloss ich ihn aufs innigste in mein Nachtgebet ein. Doch alles vergebens; er kam nicht zurück.

Vermutlich gehörte er als Geologe einer Sondereinheit an, die in geheimem Auftrag nicht an der Wolga, sondern sehr viel weiter östlich mit Fallschirmen abgesetzt worden war, um die Bodenschätze der Region zu erkunden. Welch ungute Erinnerung an dieses Zittern und Zagen steigt jetzt wieder in mir hoch! Aber ich habe auch die freudige Erregung nicht vergessen, die uns jedes Mal packte, wenn es hieß, einer sei aus Russland heimgekehrt und habe eine lange Liste mit Namen mitgebracht. Wie klammerten wir uns an die vage Hoffnung,

Vater sei vielleicht dabei; er sei doch nicht im Kampf gefallen oder in Sibirien umgebracht worden, sondern wie zigtausend andere deutsche Soldaten in sowjetische Gefangenschaft geraten. Nur wenige von ihnen kamen allerdings zurück.

Jahrelang musste meine Mutter um eine Hinterbliebenenrente kämpfen, denn in den entscheidenden Unterlagen war Vater nirgends registriert. Sie selber hatte keinerlei Berufsausbildung genossen und war nach dem Zusammenbruch, mit dem auch ihre Welt zerrissen und zerzaust wurde wie ein ungesichertes Vogelnest, lange gelähmt wie ein noch nicht flügges Vögelein. Erst als wir nichts mehr zu essen hatten, überwand sie ihre Apathie. Sie lernte, mit dem Fahrrad aufs Land zu fahren, auf den Feldern Ähren, auf den Wiesen Kräuter, im Wald Beeren, Bucheckern oder Pilze zu sammeln. Sie lernte zu handeln und zu tauschen. Sie lernte, aus Rübenblättern Suppe zu kochen, und sie wurde eine Meisterin im Schneidern neuer Kleidungsstücke aus ausgedientem Fahnentuch. Meine Aufgabe war es, den weißen Kreis mit der schwarzen Swastika sorgfältig herauszutrennen und daraus kleine Beutel zu nähen, mit denen man Mehl oder Zucker einkaufen konnte, vorausgesetzt, man hatte noch Marken dafür. Sie hingegen fertigte erstaunlich geschickt Trägerröckchen, Hemden, Hosen oder Sonnenmützchen für kleine Kinder, natürlich immer alles in Rot. Und schließlich bekam sie aufgrund ihrer Sprachkenntnisse eine Anstellung bei der Besatzungsmacht.

Wenn ich heute zurückdenke, bewundere ich sie. Damals jedoch konnte ich Mutter überhaupt nicht verstehen und war bisweilen sehr wütend auf sie. Vollends verzweifelt war ich, als sie eines Tages diesen Onkel mit nach Hause brachte, den sie angeblich bei der Arbeit kennengelernt hatte. Ein Heimkehrer ohne Bleibe, erklärte sie nur. Das war dann wohl auch der Grund, warum er sogleich Vaters Platz einnehmen musste, zuerst bei Tisch und dann im Bett. Heute, wie gesagt, verstehe ich sie. Leider habe ich ihr das nie gesagt. Sie war eine noch junge Frau, die ihre Bedürfnisse hatte, und sicher suchte sie auch Schutz. Sie hatte eine widerspenstige, fast erwachsene Tochter, mit der das Zusammenleben ganz gewiss nicht einfach war. Und sie wollte noch etwas vom Leben haben. Sobald ich das Haus verlassen würde, um eigene Wege einzuschlagen, wäre sie vollkommen allein. In meinen Augen war das Verrat. Vor allem an Vater, aber auch an mir.

Aus Treue zum Vater begann ich, russische Romane zu lesen; um ihm nahe zu sein, nahm ich Russischunterricht und wählte schließlich diese Sprache neben Französisch für mein Studium. Mir war damals überhaupt nicht klar, dass er vermutlich nie auch nur eine Silbe Russisch sprach. Rationalen Argumenten wäre ich in meiner Jugendzeit ohnedies kaum zugänglich gewesen.

Sein Schicksal blieb wie das von über einer Million anderen Kriegsopfern bis zum heutigen Tage ungeklärt, obwohl 1991 die sowjetischen Archive endlich geöffnet wurden und viele Fragen mit Hilfe des Internationalen Suchdienstes vom Roten Kreuz beantwortet werden konnten. Wowas Verschwinden, das wird mir plötzlich klar, ist mit diesem Schicksal nicht vergleichbar; nur dass es schon wieder mich betrifft, mich schlägt; dass wieder ich es bin, die verlassen wird. Ob wohl viele Menschen in meinem Alter immer noch unter den Folgen jener Jahre leiden und bis zum Lebensende angeschlagen bleiben, geschlagen mit Schreckhaftigkeit, mit Schlafproblemen und Albträumen und mit meist unerklärlicher amorpher Angst?

Achtundzwanzig

Seit Sonntag ging mir Frau Joschko aus dem Weg, während ich meinerseits alles daran setzte, dem alten Herrn, meinem Möchtegernsohn, möglichst nicht mehr zu begegnen. Mindestens zweimal täglich fuhr ich deshalb mit Cora in den Stadtpark und ließ sie dort herumlaufen. Ab und an gab es Ärger mit anderen Hundehaltern, aber im Allgemeinen kommt man gerade mit ihnen leichter ins Gespräch, als einem lieb sein kann.

Was sich indes vollkommen verändert hat, seit ich diesen Wowa so nah an mich herangelassen habe, ist mein Blick auf die verschiedenen Jugendgruppen, die sich da an den Bänken zusammenrotten oder die auch nur, meist recht geräuschvoll, manchmal mit einem tragbaren Radiogerät, meist mit irgendwelchen Knöpfen im Ohr, auf den Parkwegen einem mir unbekannten Ziel zustreben. Hatte ich früher gedacht, dass die alle gleich seien, merke ich jetzt, wie unterschiedlich sie nicht nur aussehen, sondern sich auch verhalten.

Besonders auffallend ist das gegen Abend oder an den Wochenenden. Nur die Türken scheint es weniger in den Park als in die Innenstadt zu ziehen, wo sie neben der Telefonzelle gegenüber dem Dönerladen eine Art Lager aufgeschlagen zu haben scheinen. Vielleicht trauen sie sich nicht, dort aufzutreten, wo andere das Kommando übernommen haben.

Aber auch die Russen bleiben unter sich. Angeblich hatten sie zunächst die öffentliche Toilette im Rathaus, später die Tiefgarage unter dem Kaufhaus zu ihrem Treffpunkt auserkoren. Wenn sie jedoch in den Park kommen, sind sie schon von weitem an ihren hormongesteuerten Stimmen zu erkennen: Fordernd dröhnen die Bässe der jungen Männer, mit höchster Kopfstimme zwitschernd antworten ihnen die willigen Weibchen. Ich verstehe von diesem Balzduett höchstens jedes zweite Wort, denn der Hochsprache Puschkins oder Tolstojs, die ich einst in der Dolmetscherschule gelernt habe, ist dieser Slang nur sehr entfernt verwandt.

Mit ihren kurz geschorenen Haaren äußerlich den Russen durchaus ähnlich kommen mir diese tätowierten Helden mit ihren Helmen und Lederjacken vor, denen es einfach Freude zu bereiten scheint, auf harmlose Mitbürger möglichst bedrohlich zu wirken. Vollends unheimlich aber scheinen mir jene mittelalterlichen Gestalten zu sein, die, ganz in schwarz gekleidet, mit Ketten behangen und mit mystischen Symbolen besteckt und bestickt, die Gesichter mit leichenbleicher Farbe geschminkt, sich fast schleichend fortbewegen, während unendlich traurige, düstere Musik aus ihren CD-Playern sie begleitet. Ob das wohl Satanisten sind? Wen könnte ich das fragen?

Meine Bank war heute schon wieder von dieser Jackass-Bande besetzt, mit der ich Wowa gesehen hatte. Vielleicht wissen die, wo er steckt, dachte ich und näherte mich ihnen zaudernd. Doch sie schienen mir nicht in der Stimmung zu sein, irgendwelche Fragen zu beantworten. Sie waren vollkommen in ihr Spiel vertieft, dessen Regeln sie, als ich näher kam, sofort mit wieherndem Gelächter verkündeten. Aus dem Weg,

Grufti, rief mir einer feixend zu, wir benoten hier sämtliche Ärsche, von eins bis fünf. Wer einen Fünfer fickt, der ist zu faul zum Wichsen.

Mein Gott, wie vulgär, dachte ich, kehrte eilends um und fuhr mit Cora nach Hause. Dort kam mir schon auf dem Parkplatz Frau Joschko mit erhobenen Armen entgegen gerannt. Ach, Frau Professor, haben Sie schon gehört, stammelte sie so aufgeregt, dass ihr österreichischer Akzent sich noch verstärkte, der Herr Ingenieur, bitte kommen Sie, die Polizei hat ihn eben zurückbracht. Er ist mit einem Auto auf dem Stadtring fahren, immer rundumadum, bis das Benzin aus war, weil er die Ausfahrt nicht mehr funden hat. Und da ist er dann standen, mitten auf der Autobahn, und hat nicht mehr weiterwissen. Jetzt hört er mir nicht zum Weinen auf, der arme Herr Ingenieur. Bitte, kommen Sie, nur Sie können ihn trösten. Wer hat denn wissen können, dass er ein Auto hat? Etwa Sie? Auch das noch!

Ist Ihnen eigentlich klar, Frau Joschko, dass Sie schon neulich zu weit gegangen sind, fragte ich streng. Wie konnten Sie die Grußkarte unterschreiben und mich völlig ahnungslos in diese unangenehme Lage geraten lassen, ganz ohne mich zu warnen. Ja, wären Sie denn rübergekommen, wenn ich Ihnen etwas gesagt hätte? Natürlich nicht. Der arme Herr Ingenieur war mächtig stolz auf die schönen Rosen und hat sich so auf ein freundliches Wort von Ihnen gefreut. Sie haben ja eh gut mitgespielt. Aber jetzt reicht's. Ich habe ein und für allemal genug von diesem unwürdigen Theater. Diesmal müssen Sie Ihr Problem alleine lösen – ohne mich.

Ich ging in meine Wohnung hinüber und knallte derart energisch die Türe zu, dass ich beinahe Coras Schwanz eingeklemmt hätte. Es dauerte aber lange, bis ich einigermaßen zur Ruhe gekommen war. Schließlich legte ich meine geliebten altenglischen Madrigale auf: I care not for these ladies – who must be wooed and prayed. Diese Musik wirkt besser und schneller als eine ganze Flasche Baldrian.

Neunundzwanzig

Leichenteile in Plastiktüte entdeckt

HOMBERG *(dpa). Bei der Suche nach einer vermissten Frau im Homberger Stadtwald haben Polizisten in Plastiktüten verstaute Leichenteile eines unbekannten jungen Mannes gefunden. Aus den Säcken drang starker Verwesungsgeruch. Eine erste Untersuchung in der Gerichtsmedizin ergab, dass die Knochen von einem sehr jungen Mann stammen. Spuren an den Fundstücken weisen außerdem auf ein Verbrechen hin. Die Mordkommission hat die Ermittlungen aufgenommen.*

Nein! Vor Schreck und Entsetzen schrie ich derart schrill auf, dass Cora mit einem Satz vom Sessel herunter sprang. Mein Gott, nein, bitte, bitte nicht! Hastig kramte ich nach dem Kärtchen mit der Telefonnummer, das mir der Polizist neulich gegeben hatte. Ich rief dort an. Nein, dieser Beamte sei heute nicht im Dienst. Nein, zu diesem Leichenfund könne man keinerlei Auskünfte erteilen. Die Ermittlungen hätten ja gerade erst begonnen. Nein, das Opfer sei noch nicht identifiziert. Ob ich sachdienliche Hinweise geben könne, zum Beispiel etwas beobachtet hätte, das im Zusammenhang mit diesem Verbrechen stehen könne. Ein verschwundener junger Mann? Sei der als vermisst gemeldet? Nein? Warum nicht? Ach so, erst wenige Tage abgängig? Ja, da solle ich gelegentlich mal vorbei kommen und Anzeige erstatten, damit man ihn notfalls im Register habe …

Noch einmal dort hinfahren und mich auslachen lassen? Den Teufel werde ich tun. Warum denke ich überhaupt, dass der Tote Wowa ist? Wo liegt Homberg? Was könnte ihn dorthin geführt haben? Diese schwarzen Gestalten, die Satanisten, treffen die sich denn auf Friedhöfen oder im Wald?

Für Geld tue Wowa alles, hatte die Ärztin gesagt. Vielleicht hat er sich für irgendein teuflisches Ritual zur Verfügung gestellt und das nicht überlebt. Satanismus, was ist das überhaupt? Früher wäre ich in die Unibibliothek gegangen, um mich zu informieren, heute kann ich dank Wowa meine Wissenslücken schneller und aktueller auffüllen – im Internet.

Unter dem Begriff Satanismus werden mehrere geistige Strömungen zusammengefasst, welche nicht unbedingt miteinander in Verbindung stehen. Der traditionelle Satanismus beinhaltet das Verehren von Gottheiten, während der sogenannte moderne Satanismus einen atheistischen und rationalistischen Standpunkt vertritt, lese ich da. Was der Begriff Ratio hier wohl zu suchen hat, frage ich mich. 300 Jahre nach Miltons Verlorenem Paradies habe ein kalifornischer Löwenbändiger namens La Vey eine Church of Satan gegründet und eine Satanische Bibel herausgegeben. Inzwischen werde vielen Subkulturen nachgesagt, ihre überwiegend jugendlichen Szenegänger frönten dem Satanismus. Das stimme aber nur bedingt.

Da steh ich nun, ich arme Törin … Für gewöhnlich bereitet es mir Vergnügen, Redensarten oder Zitate abzuwandeln und zu verdrehen, um ihnen dadurch einen neuen Sinn oder Unsinn zu entlocken, aber in diesem Moment war ich zu solchen Blödeleien wirklich nicht aufgelegt. Wie konnte ich nur der Wahrheit näher kommen? Da fiel mir ein, dass mir eine dieser schwarzen Gestalten irgendwie bekannt vorgekommen war. Der korpulente Junge mit dem dumpfen Gesichtsausdruck, den vielen Piercings und dem strähnigen Pferdeschwanz, war das nicht der Sohn des Hausmeisters, der ihm manchmal bei der Gartenarbeit half? Sollte ich mich nicht überwinden und diesen unsympathischen Typen einfach fragen, was er über das eigentümliche Hobby seines Sprösslings weiß?

Aber wenn ich mich irrte, wäre das doch unerträglich peinlich. Nein, diese Blöße darf ich mir auf keinen Fall geben. Der Ärger mit diesem unfreundlichen Mann, den ich Coras wegen ständig mit stoischer Ruhe hinnehmen muss, ist schlimm genug. Vielleicht sollte ich den Jugendpfleger der Stadt aufsuchen und sehen, ob er mir weiterhelfen kann. Wenn der die einzelnen Jugendgruppen nicht genauestens kennt und auch auseinander zu halten vermag, dann ist er wirklich fehl am Platz.

Es war gar nicht so schwer, bei der Stadtverwaltung seine Telefonnummer herauszufinden, und er war derart überrascht und erfreut über mein ungewöhnliches Interesse an seiner Arbeit, dass er mir gleich für den nächsten Tag eine Uhrzeit nannte. Also dann bis morgen, hallo und tschüs.

Dreißig

Lange wartete ich heute Morgen vergebens auf die Ärztin, die eigentlich wie jeden Donnerstag ins Heim hätte kommen sollen. Ich wollte sie bitten, mir Blut abzunehmen für die regelmäßige Kontrolle meiner Cholesterinwerte, um zu wissen, ob die von ihr verordnete Diät geholfen hat. Deshalb war ich nüchtern geblieben und entsprechend schlecht gelaunt. Als sie um zehn Uhr immer noch nicht aufgetaucht war, rief ich einigermaßen gereizt in der Verwaltung an.

Frau Joschko war am Apparat. Hat Ihnen denn niemand gesagt, dass der Arztbesuch wegen einem dringenden anderen Termin verschoben werden musste, fragte sie spitz. Ja, wer außer Ihnen hätte mir das denn sagen sollen, gab ich zurück. Sie reden ja nicht mehr mit mir. So, tue ich das? Ich habe Sie in den letzten Tagen nicht ein einziges Mal gesehen. Wie hätte ich da mit Ihnen reden können? Sind Sie immer noch sauer wegen dem Muttertag? Wegen des Termins, wegen des Muttertags, dachte ich, und ich biss mir auf die Zunge, um sie nicht zu korrigieren. Sie wissen ganz genau, dass das nicht in Ordnung war.

Was hätte ich denn tun sollen? Dieses Fest war wirklich die letzte große Freude im Leben des Herrn Ingenieur. Sie ahnen ja gar nicht, wie schnell der inzwischen abgebaut hat; vor allem seit der Geschichte mit dem Auto. Die Polizei hat den BMW umgehend stillgelegt und dann auch noch den Führerschein kassiert. Jetzt will er nicht mehr essen, trinkt kaum und verlässt nur noch widerstrebend das Bett. Wir überlegen gerade, ob wir ihm eine Peg-Sonde legen sollen. Sie wissen schon, künstliche Ernährung. Sobald die Ärztin kommt …

Ja eben, was ist mit der Ärztin, unterbrach ich ihre weitschweifigen Reden, kommt sie morgen oder nicht? Das wissen wir noch nicht. Sie will sich gegen Abend melden, wenn sie weiß, wie der heutige Tag gelaufen ist. Es scheint sich um ein Problem mit ihrer Tochter zu handeln.

Danke für die Auskunft, sagte ich knapp und legte auf, um mir nicht auch noch diese Geschichte anhören zu müssen. Schnell aß ich ein Joghurt und eine Banane und machte mich auf den Weg zum Rathaus. Es gibt dort einen rollstuhlgerechten Seiteneingang für Behinderte, der zu einem Aufzug führt; nur leider fehlt am Haupteingang jeder Hinweis darauf, so dass ich völlig überflüssiger Weise ungezählte Treppenstufen erklimmen musste, bis ich endlich oben im dritten Stock angekommen war. Ich klopfte an die Tür mit der angegebenen Nummer, drückte, als sich niemand rührte, auf die Klinke und stellte staunend fest, dass das Büro verschlossen war. Enttäuscht und erschöpft ließ ich mich auf dem einzigen Stuhl nieder, der auf dem Gang herumstand.

Hatte ich mich im Datum geirrt oder in der Zeit? Da war er schon wieder, dieser Zweifel an meinem Erinnerungsvermögen, der mir die gewohnte Sicherheit nahm. Plötzlich stand ein junger Mann vor mir, murmelte eine Entschuldigung und einen Namen, öffnete die Bürotür und bat mich herein. Ich wusste, ich hatte diesen Menschen noch nie gesehen, doch seine Bewegungen, seine Stimme, seine Kopfform mit den Geheimratsecken, seine sehnige wendige Gestalt in Rollkragenpullover, Jeans und Turnschuhen – das alles schien mir vollkommen vertraut. Entschuldigen Sie bitte, ich habe Ihren Namen nicht verstanden. Er wiederholte ihn. Mir wurde heiß und kalt. Das konnte kaum ein Zufall sein, dass er diesem fiesen feigen Verräter derart ähnlich sah und dann auch noch so hieß.

Vier Jahre waren wir damals zusammen gewesen. Ich hatte eine erste eigene Wohnung und verdiente schon genug für zwei. Ich träumte von einer gemeinsamen Zukunft, von einem Kind. Doch er wollte von einer festen Bindung nichts wissen, so lange er nicht auf eigenen Füßen stand. Ich tippte seine Seminararbeiten, wusch seine Wäsche und sorgte für eine gesunde Ernährung, ja, ich habe vieles und hätte alles, wirklich alles für ihn getan. Unsere Beziehung war das, was man damals ein Bratkartoffelverhältnis nannte. Ich war stolz darauf, einen derart attraktiven Partner und wunderbaren Liebhaber gefunden zu haben. Gestehe, dass ich glücklich war.

Sein Staatsexamen machte er mit eins. Ich hatte schon länger für die Zeit nach der Prüfung drei Wochen Urlaub beantragt und bewilligt bekommen und eine Reise mit Touropa an die italienische Riviera gebucht. Als das Abfahrtsdatum näher rückte, begann er mit Ausflüchten. Doch wenn man liebt, erscheint die Eule schöner als der stolze Falke, wie Wowa gesagt hätte – ich war noch immer für alle Zeichen blind. Ob ich nicht eine Freundin mitnehmen könne, fragte er schließlich; er könne jetzt unmöglich wegfahren, er habe noch so viel zu tun.

Erst als ich nach meiner Rückkehr die Zeitung aufschlug, wusste ich, was ihn zurückgehalten und beschäftigt hatte: In einer großformatigen Anzeige kündigte der angesehenste Rechtsanwalt der Region nebst Frau Gemahlin die bevorstehende Hochzeit seiner Tochter an.

Mit ihm. Er habe mir nicht wehtun wollen, deshalb habe er geschwiegen, erklärte mir sein bester Freund, den ich zufällig auf der Straße traf. Mir nicht wehtun wollen. Nein, wie rücksichtsvoll. An die folgenden Tage und Wochen will ich nicht zurückdenken. Eine Welt war für mich zusammengebrochen, wie man so sagt, eine Welt, die wahrscheinlich immer nur aus meinen Träumen und Hoffnungen bestanden hatte. Während er, ganz Realist, schon bald in die Kanzlei seines Schwiegervaters eintrat, die er später übernehmen sollte.

Einunddreißig

Gestern Abend konnte ich unmöglich weiterschreiben. Zu viele bittere Erinnerungen stürmten auf mich ein. Aber das war nichts im Vergleich zu dem wirren Gewitter in meinem Hirn, als ich mittags versucht hatte, mir nichts anmerken zu lassen, sondern so sachlich und ruhig wie eben möglich meine Nachforschungen nach Wowa fortzusetzen. Immer wieder zuckten Erinnerungsfetzen wie Blitze nieder, ungute Gedanken schlugen ein. Ist das nun sein Sohn oder schon sein Enkel, fragte ich mich. Wie jung war er damals, wie alt ist er jetzt? Lebt er überhaupt noch? Warum ist mir das noch immer nicht gleichgültig?

Zunächst begehrte ich zu wissen, ob der Jugendpfleger diesen Waldemar Wagner überhaupt kenne. Ja, gewiss doch, der sei kaum zu übersehen. Wann immer ein Problem auftauche, sei er involviert. Aber immer nur als Randfigur. Im Unterschied zu allen anderen sei er keiner Gruppe oder Bande zuzuordnen. Eigentlich gehöre er nie ganz dazu. Ob er sich erklären könne, warum der Junge verschwunden sei. So, ist er das? Ja, das stimmt vielleicht, er war, wie gesagt, schon tagelang nicht mehr im JUZ. Wie gesagt? Das hatte er doch noch gar nicht gesagt. Besaß etwa auch er die ärgerliche Unart, nichtssagende Füllelemente in seine Sätze einzustreuen wie sein Vater oder Großvater? Könnten Sie sich vorstellen, dass er irgendetwas mit diesen Satanisten zu tun hat? Beinahe hätte ich ihn geduzt, so vertraut schien er mir. Satanisten? Ich glaube nicht, dass wir hier echte Satanisten haben. Sie meinen sicher diese schwarz gekleideten Jugendlichen? Das sind Goths.

Das musste sein Lieblingsthema sein, denn schon legte er los: Das Besondere an dieser Gothic-Kultur ist die Rolle der Musik in Verbindung mit Themen wie Vergänglichkeit und Tod, dozierte er. In den letzten Jahren hat aber, wie gesagt, die Musikindustrie auch szenefremde Bands wie Metal, Mittelalterrock oder Neue Deutsche Härte als Gothic vermarktet, fuhr er fort. Es ist selbst für Kenner wie mich manchmal schwer, die verschiedenen Strömungen auseinanderzuhalten. Wenn Sie Zugang zum Internet hätten, könnten Sie sich lange Listen von Titeln runterladen wie Pro-Pain, Dance of Death, Devil's Temptation, As I lay dying. So mancher Text ist wirklich zum Heulen, aber die jüngeren Goths verstehen oft den Inhalt gar nicht. Sie suchen keine Gedanken, sondern, wie gesagt, vor allem Gefühle oder einfach ein Ventil für angestaute Emotionen wie Angst, Wut oder Trauer. So tanzen sie auch, das sieht völlig verrückt aus: Sie bewegen sich kaum und schon gar nicht in Paaren, sondern sie stehen einfach einzeln auf der Tanzfläche herum und lassen die Musik so richtig in sich hineinkriechen und durch sich hindurch laufen.

Sie sind also gar nicht aggressiv? Nein, überhaupt nicht. Für andere sind sie völlig harmlos. Manche von ihnen mögen selbstmordgefährdet sein, aber das waren sie dann sicher auch schon vorher. Sie sind auch nicht irgendwie politisch extrem und schon gar nicht rechtsradikal oder fremdenfeindlich, wie manchmal behauptet wird. Der schlechte Ruf, den die Goths haben, wird, wie gesagt, größtenteils durch die Medien geprägt, die immer wieder über Grabschändungen und schwarze Messen berichten, eigentlich immer nur über Einzelfälle, die oft schon Jahre zurück liegen, aber immer wieder genussvoll ausgebreitet werden. Eine Zeit lang war es Mode, das eigene Zimmer mit Kränzen, Kruzifixen oder Grableuchten zu dekorieren, die man von Friedhöfen geklaut hatte. Ich denke aber, dass es den Jugendlichen dabei mehr um den Nervenkitzel ging als um antireligiöse Demonstrationen. Die meisten Goths sind inzwischen auch gar nicht mehr so jung, sondern bis zu 40 Jahre alt. Bei den Darstellungen in der Boulevardpresse und in gewissen Fernsehprogrammen handelt es sich, wie gesagt, nicht um seriöse Berichterstattung, sondern eher darum, die Sensationsgier der Masse zu befriedigen.

Das ist ja alles wirklich sehr interessant, vielen Dank. Aber mir hilft das jetzt nicht weiter. Hätten Sie vielleicht eine Idee, wo ich mehr über Waldemar erfahren könnte? Haben Sie denn nicht die Familie kontaktiert? Steht die nicht im Telefonbuch unter Wagner? Nein? Einen Moment bitte, ich müsste eigentlich seine Adresse im Register haben. Ich weiß nur nicht, ob ich sie Ihnen geben darf. Datenschutz und so. Hier, da haben wir ihn ja. Er lebt bei seiner Mutter. Die heißt Jelena Petrowna Iwanow und wohnt in der Bleichgasse 5. Aber von mir haben Sie das nicht.

Dabei fällt mir noch etwas ein: Ich glaube, er war vorübergehend in Behandlung bei diesem Kinder- und Jugendpsychiater im Taunus, weil keiner schlau wurde aus dem Jungen und der Schulleiter Angst bekam, nachdem Wagner die Mülltonne in Brand gesteckt und mit einer Pistole herumgefuchtelt hatte. Wie heißt der Arzt noch gleich? Hier ist seine Karte, die hat er mir heute bei Gericht gegeben, als wir beide als Gutachter vorgeladen waren. Bei dem Prozess ging es um diese beiden

15-jährigen Mädchen, die eine kleine Türkin wochenlang gequält und schließlich krankenhausreif geschlagen haben. Sie haben sicher in der Zeitung davon gelesen. Eine dieser kleinen Schlampen gehört zu meiner Klientel. Ein völlig verwöhntes und verwahrlostes Kind, aber, wie gesagt, aus gutem Haus. Ihre Mutter ist eine angesehene Ärztin, die wahrscheinlich nie Zeit für ihre Tochter hat, sondern ihr stattdessen jeden Wunsch erfüllt. Sicher sind Sie ihr schon einmal begegnet – sie betreut das Altersheim.

Zweiunddreißig

Die Ärztin war auch heute nicht gekommen. Da an eine Blutuntersuchung folglich nicht zu denken war, beschloss ich, möglichst bald in die Bleichgasse zu fahren und bei der Familie Iwanow-Wagner (so hieß sie doch wohl?) vorzusprechen. Als ich gerade das Haus verlassen wollte, brachte mir jedoch der Hausmeister einen Brief von einem Rechtsanwaltsbüro, dessen Namen mir gleich irgendwie bekannt vorkam. Ich wollte den braunen Umschlag sofort aufreißen, doch dieser unangenehme Mann hatte sich breitbeinig vor mir aufgebaut und starrte neugierig auf meine Hände. Also musste ich erst einmal zusehen, wie ich ihn loswurde.

Betreff: *Schadensersatzforderung wegen Pflichtverletzung*, stand da. *Mit beigefügter Vollmacht (Anlage 1) legitimieren wir uns für* – ach, natürlich für den Kerl. *Er hat uns mit der Geltendmachung der Schadensersatzforderung wegen Verletzung vertragstypischer Pflichten bei der Verwahrung anvertrauter Gegenstände gemäß §§ 280 und 688 BGB beauftragt. Wir haben Sie daher aufzufordern, den neuwertigen Rechner (Typ und Wert s. Kopie der Rechnung in Anlage 2) unverzüglich zurückzugeben oder bis spätestens Monatsende Schadensersatz in Höhe von 90 % des Rechnungsbetrags zu leisten. Sollten uns bis zum Ablauf der genannten Frist weder die streitbefangene Sache zu-*

rückgegeben noch die geforderte Summe auf oben genanntem Konto eingegangen sein, sind wir beauftragt, gerichtliche Schritte gegen Sie einzuleiten, dann allerdings in Höhe von 100 % der Gesamtforderung, da Sie gemäß § 990 II, 287, Satz 2, bei Verzug mit der Herausgabe der streitbefangenen Sache in vollem Umfang haften.

Einen solchen Brief hatte ich in meinem langen Leben noch nie in meinen Händen gehalten, und ich erschrak zunächst. Dann aber las ich ihn noch einmal genauer durch und musste lachen. Was sollte dieser Blödsinn? Woraus sollten sich denn vertragstypische Pflichten ergeben, wenn es gar keinen Vertrag gab? Wie konnte sich ein angesehenes Anwaltsbüro überhaupt dazu herablassen, ein derart unsinniges Schreiben zu verfassen?

Inzwischen war mir eingefallen, mit welchem der im Briefkopf genannten Anwälte ich schon einmal zu tun gehabt hatte. Ich rief ihn an. Zunächst hatte er keine Ahnung, wovon ich überhaupt sprach und fragte mich, ob er mich in einigen Minuten zurückrufen dürfe. Vermutlich ließ er sich die Akte kommen und las die Unterlagen durch. Als er sich wieder meldete, druckste er verlegen herum. Seine Kanzlei habe mit der Firma, in welcher ihr Mandant an maßgeblicher Stelle arbeite, sehr viel zu tun. Und da habe man, gewissermaßen als kleine Gefälligkeit, in dieser gewiss harmlosen Angelegenheit ein wenig aushelfen wollen. Man sei davon ausgegangen, dass es zu keinem Prozess, sondern zu einem Vergleich kommen, das Schreiben also nicht öffentlich in Erscheinung treten werde. Et bla et bla et bla.

Als ich ganz sicher sein konnte, dass ihm die Angelegenheit äußerst peinlich war, deutete ich an, mit einem Vergleich einverstanden zu sein. Ich sei zu zahlen bereit, allerdings höchstens 50 % der geforderten Summe. Doch möge man bitte zuerst einmal prüfen, wie viel die Hausratsversicherung des Mandanten für das verlorene, möglicherweise gestohlene Gerät bereits gezahlt habe oder zu zahlen bereit sei. Das müsse in der Tat geklärt werden, gab mein Gesprächspartner zu, er werde den jungen Mitarbeiter, der die Sache übernommen habe, umgehend damit beauftragen, und nach ein paar höflichen Fragen, wie es mir denn sonst so gehe, legte er hörbar erleichtert auf.

Für einen Ausflug in die Stadt vor dem Mittagessen war es darüber zu spät geworden. Deshalb setzte ich mich mit meiner Zeitung in den Garten, um ein wenig die frühsommerliche Wärme zu genießen. Grußlos nahm ein seriös wirkender Senior, den ich bisher noch nie gesehen hatte, an dem runden Tischchen neben mir unter dem Sonnenschirm Platz. Er hatte eine kleine Holzkiste und eine Zeitschrift mitgebracht. Das Kästchen klappte er auf. Er entnahm ihm Schachfiguren, die er bedächtig auf den innen befindlichen schwarzen und weißen Feldern anordnete, wobei er immer wieder äußerst konzentriert auf seine in der Zeitschrift gedruckte Vorlage sah. Beständig murmelte er vor sich hin. Als er alle Figuren aufgestellt hatte, rief er laut Schachmatt, nickte befriedigt und schlief ein.

Ich las mein Horoskop: *Mars stärkt jetzt ganz besonders Ihre Vitalität. Wichtig für Sie sind Ihre persönlichen Ziele und Beziehungen. Gehen Sie Ihren Weg und haben Sie Vertrauen zu Ihren Nachbarn. Seien Sie vor allem offen für neue Möglichkeiten. Sprechen Sie aus, was Sie auf dem Herzen haben. Aber Eile mit Weile – Hektik ist jetzt überhaupt nicht angesagt.*

Dreiunddreißig

Da ich noch immer keine Telefonnummer hatte, überlegte ich sehr, zu welcher Tageszeit, wenn überhaupt, ich so völlig unangesagt eine unbekannte Familie überfallen durfte. Der späte Vormittag war sicher weltweit am ehesten für derartige Besuche geeignet, aber falls Frau Iwanow arbeitete, war tagsüber wohl niemand zu Hause anzutreffen. Und zweimal hinzufahren verspürte ich keinerlei Lust.

Dank der Sommerzeit wurde es jetzt erst spät dunkel, also schien der frühe Abend vielleicht eher geeignet. War mir diese Sache so unangenehm, dass ich sie irgendwie hinausschieben wollte. Einerseits musste ich unbedingt endlich herausfinden, was wirklich mit Wowa geschehen war, andererseits hatte ich Angst vor dem, was ich möglicherweise erfahren würde. Das Bild eines blutverschmierten blauen Plastiksacks hatte sich mir so tief eingeprägt, dass ich es hätte malen können. Dunkelrot und himmelblau. In der Presse war seit der ersten Nachricht kein einziges Wort mehr über diese Horrorgeschichte erschienen. Die Nachforschungen verliefen offenbar streng geheim, unter Ausschluss jeder Öffentlichkeit. Aber würde es wirklich die Untersuchungen behindern, den Namen des Opfers bekannt zu geben? Oder konnte man nur deshalb immer noch nicht sagen, wer der Tote war, weil man sich so beharrlich weigerte, Vermisstenanzeigen ernst zu nehmen, solange nicht genügend Zeit verstrichen war? Was war genug? Wie lange war der Tote tot?

Da das Grübeln ganz gewiss nicht weiter half und ich nicht wusste, wie lange das gute Wetter anhalten würde, fuhr ich zunächst einmal mit Cora in den Park. Am Rande der Grünanlage verläuft ein kleiner Bach, an dessen Ufer nicht nur mein Hund gerne herumschnuppert und nach Brotbröckchen sucht, welche die von Spaziergängern überfütterten Enten verächtlich liegengelassen haben. Heute saßen dort drei vielleicht zehnjährige kleine Buben mit eindeutig selbstgebastelten Angeln, die sie, vermutlich nach dem Vorbild ihrer Väter, schwungvoll ausgeworfen hatten und nun angestrengt geradeaus über die nur sacht strömende Wasseroberfläche hielten. Einer der drei schien der Bandenchef zu sein. Er blickte ernsthaft vor sich hin und gemahnte seine Kameraden immer wieder, sie möchten bitte ruhig sein. Die beiden anderen plapperten und kicherten dennoch vergnügt und schienen den Ernst ihres Sports keineswegs begriffen zu haben.

Als Cora näher kam, schwenkte einer dieser beiden lachend seine Rute in ihre Richtung, so dass der Köder über ihrer Nase tanzte. Mit einem Satz sprang sie in die Höhe und schnappte sich den Bissen aus der Luft. Doch ebenso plötzlich jaulte sie auf und stürzte im gleichen Augenblick zu Boden. Aus ihrem Schnäuzchen hing die Angelschnur mit Schwimmer, voller Blut. Ich schrie den Buben an, du Idiot! Er starrte entsetzt zurück, warf seine Rute hin und rannte fort. Sein Freund und Partner lief, so schnell er konnte, hinterher. Der dritte Junge legte behutsam sein Gerät auf den Boden, zog ein Messer aus der Hosentasche und trat heran. Vorsichtig schnitt er die Schnur entzwei. Die sind einfach noch zu klein zum Fischen, sagte er mit ernster Miene, obwohl er keine Handbreit größer war als sie. Bitte, entschuldigen Sie diesen Unfall. Das haben die nicht gewollt. Die Blödmänner wollten mir einfach nicht glauben, dass man Regenwürmer suchen muss und nicht mit Würstchen angeln kann.

Er half mir, Cora ins Körbchen zu hieven, und ich fuhr mit dem zitternden Hund davon. In meiner Aufregung hatte ich völlig vergessen, nach dem Namen des bösen Buben zu fragen, für den Fall, dass eine Tierarztrechnung zu begleichen wäre. Eine Haftpflichtversicherung hatten diese Lauser genau so sicher wie vermutlich keinen Angelschein. Ich eilte nach Hause, den Tierarzt anzurufen und Geld zu holen, denn ich hatte weder mein Handy noch mein Portemonnaie dabei.

Vor meiner Tür stand Lena mit ihrem Putzwagen, den sie einfach stehen ließ, als sie mich mit Cora auf dem Arm kommen sah. Hund kaputt?, fragte sie besorgt. Sie sah den Schwimmer und die Schnur und verstand sofort. Fisch-krjutschok, ja? Beherzt öffnete sie Coras Mäulchen, griff hinein, betastete vorsichtig Schlund und Gaumen und zauberte den Angelhaken hervor. Slawa Bogu, Gott sei Dank.

Zum Glück war es nur einer mit einfacher Spitze gewesen, hätte Cora einen Dreifachhaken verschluckt, wäre die Sache schlimmer verlaufen. Das denke ich jetzt im Nachhinein. In diesem Moment brach ich nur erleichtert zusammen und weinte wie ein kleines Kind. Fürsorglich geleitete Lena mich in meine Wohnung, reichte mir ein Taschentuch und stellte für Cora frisches Wasser hin. Tschaj? O ja, bitte, Lady Grey. Aber bitte auch für Sie.

Vierunddreißig

Nach diesem Abenteuer waren Cora und ich so erschöpft, dass wir beide einen ungewöhnlich langen Mittagsschlaf hielten. Erst das Klingeln und Klopfen der Friseuse weckte mich. Coras Schnauze war geschwollen, aber sonst schien sie wohlauf. Wieder einmal musste ich denken, wie gut es war, dass Hunde Schmerzen so schnell vergaßen und überhaupt nie nachtragend waren.

Der Briefträger war da allerdings anderer Meinung. Hatte er denn den Tieren etwas angetan? In ihrer Vorstellung war er wahrscheinlich ein ungebetener Gast, der jeden Tag versuchte, in fremdes Territorium einzudringen, aber schon an der Haus- oder Gartentüre abgewiesen wurde. Wenn der näher kam, musste man ihm doch wohl deutlich machen, dass er seine Grenzen überschritt.

Die Frisörin (wie man ja wohl jetzt sagt) hatte, ohne zu fragen, einen Lehrling (wie nennt man das? eine Auszubildende?) mitgebracht, eine Nervensäge allerersten Ranges, die überhaupt keine Hilfe war. Sie sollte meine Haare waschen, fingerte jedoch lediglich an der Oberfläche herum. Als ich sie bat, den Kopf richtig zu massieren, zerkratzte sie mein Ohr, und statt sich zu entschuldigen, begann sie zu laut klagen: Ach shit, jetzt habe ich einen abgebrochen, die Fingernägel waren ganz neu. 25 Euro habe ich dafür bezahlt …

Die Meisterin schickte sie vor die Tür. Da sehen Sie, mit was für Menschenmaterial ich arbeiten muss. Von nichts eine Ahnung, unpünktlich, ungepflegt und dann auch noch frech. Ich sage Ihnen, die hat den Hauptschulabschluss im Lotto gewonnen; die Berufsschule schafft die nie!

Gerade überlegte ich, wie ich ihr klarmachen könnte, dass mir das reichlich gleichgültig war, so lange sie mich damit in Ruhe ließ, da klopfte es erneut an die Tür. Das wird doch nicht diese Göre sein, dachte ich; aber nein, es war die Nachbarin. Ob ich ihr bitte helfen könne, da sei ein Mann in ihrem Zimmer, der starre sie an, rede auf sie ein und gehe einfach nicht weg. Mit nassen Haaren wollte die Friseuse mich nicht hinübergehen lassen, deshalb bot sie ihre Hilfe an. Als sie zurückkam, presste sie eine Hand vor den Mund, doch kaum hatte sie die Tür geschlossen, brach sie in unkontrolliertes Gelächter aus. Stellen Sie sich vor, die Frau hatte am Fernsehen Phönix eingeschaltet und die Übertragung einer Debatte aus dem Bundestag erwischt. Lach du nur, du dumme Gans, du hast ja keine Ahnung, wie traurig das ist. Sobald in der Pflegestation ein Bett frei wird, ist die an der Reihe. Und dann ich. Und dann ich?

Ist es recht so? fragte die Meisterin und reichte mir den Spiegel. Ich warf kaum einen Blick hinein, sondern erhob mich, um zu zahlen. Die Utensilien waren schnell zusammengeräumt. Auf Wiedersehen, bis zum nächsten Mal. Ja, danke schön und tschüs. Sie hatte noch gar nicht die Wohnung verlassen, da hatte ich schon meine Jacke angezogen, denn plötzlich war ich fest entschlossen, die Fahrt in die Stadt nicht länger hinauszuschieben. Vielleicht war alles nur Einbildung und Wowa war gar nichts passiert.

Am Eingang des Hauses Bleichgasse 5 gab es zwar mehrere Klingelknöpfe, aber die Namen waren entweder kaum leserlich oder fehlten ganz. Nach einigem Zaudern drückte ich auf eine der Tasten, lauschte, betätigte die nächste und übernächste, bis endlich eine heisere Raucherstimme mürrisch fragte, was dieser Lärm zu bedeuten habe. Ich suche Frau Iwanow, erklärte ich kleinlaut. Russen im Hinterhof.

Dort gab es nur eine Tür. Als ich mich mühsam zwischen rostigen Fahrrädern, überquellenden Müllcontainern und alten Kinderwägen hindurchgezwängt hatte, ging diese auf, und heraus trat ein honoriger Herr im Businesssuite, der mir irgendwie bekannt vorkam und dem es sichtlich unangenehm war, mir hier zu begegnen. Ich vermied es, ihm ins Gesicht zu sehen, und ging grußlos vorbei. Eine junge Frau öffnete mir in einem grellbunten halbseidenen Kimono, der ihre rubensschen Körperformen nur unzureichend verhüllte. Mit großen dunklen Augen unter den längsten schwarzen Wimpern, die ich je gesehen hatte, den grellrot geschminkten, verschmierten Mund halb geöffnet, blickte sie mir staunend ins Gesicht. Du wollen? Von dir will ich nichts. Bist du Leila? Ich Aila. Guten Tag, Aila, ist deine Mutter da? (Warum sagte ich du zu ihr?) Mama? Ach ja, Mama. Nein, Mama Arbeit. Kannst du mir sagen, wann sie wiederkommt. Wann Mama? Du Amt? Nein, ich komme von keinem Amt. Ich will nur herausfinden, wo Wowa steckt. Wowa njetu. Nix da. Du policija? Nein, ich bin nicht von der Polizei.

Auch meine verzweifelten Versuche, meine eingerosteten Russischkenntnisse hervorzukramen und einzusetzen, halfen nicht weiter. Aila war zu einer brauchbaren Auskunft weder fähig noch bereit. Welch traurige Existenz. Alles, was sie zu bieten hatte, war ihr Körper. Mit dieser Währung hatte sie ihre Eintrittskarte in ein besseres Leben bezahlt. Und das war jetzt das Ergebnis. Erbärmlich. Ja, Erbarmen war hier das einzig angemessene Wort. Jedes Urteil wäre Anmaßung. Ich schrieb meine Telefonnummer auf einen Zettel, den ich ihr gab. Sag doch bitte der Mama, dass sie mich anrufen soll, ja? Nado poswonitz po telefonu, da?

Fünfunddreißig

Beinahe hätte ich vergessen, dass ich um elf Uhr einen Termin beim Kinder- und Jugendpsychiater im Taunus hatte. Als ich ihn anrief, hatte er zunächst nicht ganz verstanden, was ich eigentlich von ihm wollte, und Ausflüchte gebraucht, doch nachdem ich mich als Privatpatientin deklariert hatte, die nur eine Beratung brauchte, hatte er schnell eine Lücke in seinem angeblich überfüllten Kalender gefunden. Das Türkentaxi setzte mich pünktlich vor der Türe ab, und ich musste mich nicht lange gedulden, obwohl eine Familie mit zappeligen Zwillingen im Wartezimmer saß.

Der Arzt erhob sich höflich von seinem Schreibtischstuhl und bat mich, in einer bequemen Sitzecke Platz zu nehmen. Womit kann ich helfen? Plötzlich wurde mir klar, wie absurd die Situation eigentlich war. Ich wusste es ja selber nicht. Ich brauche Klarheit über einen Jungen, der, wie ich weiß, eine Zeit lang Ihr Patient gewesen ist, denn ich spiele mit dem Gedanken, ihn zu meinem Alleinerben zu machen.

Keine Sekunde hatte ich bisher an so etwas gedacht. Es ergab sich ganz spontan aus der Verlegenheit des Augenblicks. Wie anders sollte ich mein Interesse an dem Jungen erklären? Sollte ich zugeben, dass ich ihn liebte, bedingungslos liebte, wie einen Sohn? Er hätte mich umgehend für verrückt erklärt.

Wowa als Erben einzusetzen? Ja, warum eigentlich nicht, ehe das Biest sich alles aneignete, was von meinem Leben übrig blieb.

Der Psychiater hatte die Krankengeschichte vor sich liegen und las darin. Ja, dieser Waldemar Wagner war zweimal bei mir. Auf Anraten des Jugendamtes hatte die Schulleitung ihn zu mir geschickt. Es ging um die Frage, ob er eine Gefahr darstelle für sich oder für andere. Das erste Mal begleitete ihn ein Lehrer, einen Monat später kam er mit der Mutter. Es gehört zu meinen Grundsätzen, immer die Erziehungsberechtigten einzubeziehen, denn psychische Probleme eines Heranwachsenden sind selten von der Familiensituation getrennt zu verstehen. In diesem Fall war das allerdings wenig hilfreich, weil die Mutter kein Wort Deutsch sprach und der Sohn alles übersetzte. Im Nachhinein, weiß ich natürlich gar nicht, ob er wirklich ihre Worte wiedergegeben oder einfach nur das gesagt hat, was ihm gerade passte. Atmosphärisch bestand zwischen den beiden eine freundliche Übereinstimmung. Alles in allem ist das ein wacher, intelligenter Junge, voller Phantasie. Aber suizidal oder aggressiv – keine Spur. Ich kann verstehen, dass Sie ihn ins Herz geschlossen haben.

Was mich beunruhigt, sind die Narben an seinem Körper, vor allem auf der linken Seite, wandte ich ein. Soviel ich weiß, deutet eine derartige Selbstverletzung auf autoaggressives Verhalten hin, das sich auch nach außen kehren kann. Der Arzt blickte mich etwas unsicher fragend an. Dafür gab es zwei mögliche Erklärungen: Entweder hatte er die verheilten Wunden überhaupt nicht wahrgenommen oder aber er war von dem medizinischen Halbwissen irritiert, das ich da vor ihm ausbreitete. Das war ihm sicher nicht zum ersten Mal begegnet, denn seit es das Internet gibt, holen sich viele Patienten oder deren Angehörige Informationen aus dem Netz.

Da kann ich Sie beruhigen, sagte er schließlich und lächelte wie der Papst. Diese Narben sind schon alt. Sie stammen von den Initiationsriten einer Jugendbande. Das liegt alles schon Jahre zurück. Beweise der Tapferkeit so nach dem Motto: Ein Indianer kennt keinen Schmerz, Sie verstehen. Er hat übrigens ganz ungewöhnliche Bilder gemalt, dieser Waldemar, in erstaunlichem Kontrast zu der Wirklichkeit, die sich aus seinem Lebenslauf ergibt. Ich lasse alle meine Patienten malen, müssen Sie wissen, da haben wir dann gleich ein Thema, über das man sprechen kann. Ein Großstadtjunge aus Nowosibirsk, der ein Bild schafft von einer weiten Landschaft mit vielen roten Kühen, das war für mich schon sehr verblüffend. Vielleicht hat er das im Kino oder im Fernsehen gesehen und träumt jetzt von dieser anderen Welt. Und erst seine Familie! Warten Sie, ich hole die Bilder; die waren so anders als bei den sonstigen Kindern, dass ich sie aufgehoben habe. Da, sehen Sie, ganz links ein übermächtiger Vater neben einer komplett nackten jungen Frau mit riesigen Brüsten, in der Mitte jede Menge Tiere und rechts der Junge, lang und dünn wie ein Spargel, schräg über ihm oben in der Ecke eine Sonne und ganz dicht neben ihm eine gebeugte alte Frauengestalt, welche die Arme nach ihm ausgestreckt hält. Ist das deine Mutter, fragte ich ihn, nein, sagte er, das ist Babulja.

Dieses Wort hatte der Arzt noch nie gehört. Ich auch nicht, wie ich gestehen musste. Können Sie sich erklären, warum dieser Junge seit mehr als zwei Wochen verschwunden ist? Wahrscheinlich ist er bei Bekannten oder Freunden untergetaucht. Vielleicht hat er auch eine Liebesaffäre mit einem Mädchen oder mit einem Mann. Aber natürlich kann ihm auch immer etwas zugestoßen sein. Ein Unfall oder ein Verbrechen. Was sagt denn seine Mutter dazu? Was, mit der haben Sie noch gar nicht gesprochen? Das sollten Sie meines Erachtens schleunigst tun, allerdings am besten mit einem Dolmetscher. Vielleicht ist die Lösung des Rätsels watscheneinfach, und Sie haben sich ganz umsonst solche Sorgen gemacht.

Draußen vor der Tür, wo mein Fahrer im wartenden Taxi seine Hürriyet las, spielten Kinder. Mit bunter Kreide schmierten sie auf dem Gehsteig herum. Ein kleines Mädchen war gerade dabei, einige Buchstaben schwungvoll mit einem rosaroten Herz zu umrahmen. Gott ist tot, stand da. Nein, zwei O. Gott ist doof? Nein, Gott ist cool. Wer hätte das gedacht.

Sechsunddreißig

Als ich unterwegs war, hatte jemand bei mir angerufen, ohne eine Nachricht auf Band zu sprechen. Vielleicht die Mutter. Ich wählte die aufgezeichnete Nummer und ließ ziemlich lange klingeln. Schließlich meldete sich eine gehetzte, aber doch vertraut klingende Stimme: Seniorenwohnanlage, Haus B, was kann ich für Sie tun? Frau Joschko, sind Sie das? Haben Sie bei mir angerufen? Frau Professor? Nein, warum sollte ich? Dieser Apparat hier ist praktisch für jeden zugänglich. Er hängt im Stiegenhaus.

Trotz der Styropor-Haube war das Essen kalt geworden. Vielleicht sollte ich mir ein kleines Mikrowellengerät anschaffen, um unabhängiger von den absurden Essenszeiten dieser Anstalt zu werden. Wie viel Geld hatte ich wohl gerade auf dem laufenden Konto? Und im Aktiendepot? Ich hatte mir nie Bankauszüge schicken lassen, damit diese nicht in falsche Hände geraten konnten. Das Biest war schrecklich neugierig.

Wenn ich nun wirklich mein Vermögen dem Jungen vermachen wollte, müsste ich da nicht schleunigst mein Testament ändern? Ich rief beim Notar an und bat um einen Termin. Er habe am Nachmittag ohnedies im Seniorenheim zu tun, könne also gerne, vorher oder nachher, bei mir hereinschauen und die Sache grundsätzlich durchsprechen, sagte er. Er bat mich, die wichtigsten Fragen vorher schon einmal aufzuschreiben, denn er habe dann nur wenig Zeit. Sehr geschickt, mein Herr, den Redefluss einer alten Dame auf diese Weise einzudämmen. Ja, wes der Schoß trocken ist, des fließt der Mund über.

Als bisherigen Alleinerben hatte ich das Tierheim eingesetzt, mit der Auflage, sich nach meinem Ableben (Absterben?) um Cora zu kümmern. In jüngster Zeit hatte es jedoch immer wieder Gerüchte über Unregelmäßigkeiten im Vereinsvorstand gegeben, so dass es mir nicht schwer fiel, mich von dieser Idee zu verabschieden. Aber Cora musste unbedingt versorgt sein; vielleicht durch ein Legat. Wer konnte die Interessen eines Hundes vertreten, wenn ein Tier, streng genommen, kein Rechtssubjekt, sondern nur eine Sache war? Was gab es sonst noch zu besprechen? Besaß eine Stieftochter Rechtsanspruch auf einen Pflichtteil, den sie eventuell einklagen konnte? War es möglich, einen Pflichtteil ausdrücklich auszuschließen? Sollte ich nicht vielleicht …

Da klingelte das Telefon. Guten Tag, Aila sagt, muss anrufen. Ja, vielen Dank, das ist ja wunderbar, dass Sie sich melden. Sind Sie Wowas Mutter. Ja, Wowan Mutter. Ich muss dringend mit Ihnen sprechen. Kann ich Sie irgendwo treffen oder können Sie zu mir kommen? Ich wohne in der Seniorenwohnanlage. Wissen Sie, wo das ist? Weiß gut. Wann könnten Sie hier sein? Nach Arbeit, sieben Uhr. Wunderbar. Das letzte Apartment, ganz links, Nummer siebzehn.

So schlecht war ihr Deutsch gar nicht gewesen. Jedenfalls hatte sie mich verstanden. Für eine erste Begegnung dürfte das durchaus reichen. Zunächst wollte ich ja nur möglichst schnell erfahren, ob sie wusste, wo der Junge war. Endlich hatte ich das Gefühl, der Lösung dieser Frage nahe zu sein. Und das war ein gutes, ein leichtes, ganz angstfreies Gefühl.

Ich war so freudig erregt, dass ich nicht schlafen konnte, und so spazierte ich hinüber in den Endlosgarten. Wie viele Blüten sich dort geöffnet hatten, warum sah ich das zum ersten Mal? Ich genoss ihre Farben und ihren Duft, wie ich schon lange nichts mehr genossen hatte, und dachte im Stillen, dass ich dem Hausmeister Abbitte leisten sollte für meine feindselige Einstellung. Es war großartig, was er hier zustande gebracht hatte. Die Schönheit und Vielfalt dieser immer wieder anders geformten Sitzecken und Beete schufen wahrlich ein kleines Gesamtkunstwerk. Gemütlich war das richtige Wort. Von einer fühlenden Seele geschaffen, mit Gemüt.

Ich hatte einen Zettel an die Tür geheftet, für den Fall, dass der notorisch pünktliche Notar schon vor seinem anderen Termin einträfe. Und schon kam er auch auf mich zu. Wir setzten uns an eines der kleinen Tischchen im Schatten, und ich trug ihm meine Fragen vor, obwohl ich den Zettel in der Wohnung liegen gelassen hatte. Na also, das Gedächtnis funktionierte doch noch. Er stellte ein paar Zusatzfragen, machte sich einige Notizen und verabschiedete sich mit den Worten, er werde einen Entwurf für ein völlig neues Testament aufsetzen, über den wir dann noch einmal sprechen sollten. Aber die genaue Anschrift des Erben brauche er unbedingt.

Wenige Minuten nach sieben Uhr klopfte es an meiner Tür. In gespannter Erwartung öffnete ich. Vor mir stand die Putzfrau Lena.

Siebenunddreißig

Sprachlos vor Staunen stand ich eine ganze Weile in der offenen Tür, bis ich mich endlich zusammennahm und Lena hereinbat. Beide bemerkten wir nicht, dass Cora diese Situation ausnutzte, zwischen unseren Beinen durchwitschte und davonlief. Wir setzten uns und blickten einander verlegen an.

Sie sind also Wowas Mutter. Ja, aber Wowa nicht kenne. Ist lange istorija. Wissen Sie denn, wo er jetzt ist? Nicht weiß, aber denke. Sie können ruhig russisch sprechen, ich verstehe ganz gut; ponimaju. Das hätte ich lieber nicht sagen sollen, denn jetzt legte sie in einem derartigen Tempo los, dass ich, ungeübt wie ich war, schon bald nicht mehr folgen konnte und kein Wort mehr verstand. Wir einigten uns darauf, dass sie an ihrem nächsten freien Tag mit einer zweisprachigen Freundin kommen würde, die uns helfen könnte.

Sogar nachdem Lena gegangen war, fiel mir nicht gleich auf, dass Cora fort war, so tief war ich in meine Gedanken versunken. Wie konnte es sein, dass sie seine Mutter war, wenn sie offenbar so gar nichts von ihm wusste. Wieso radebrechte sie so, während er die deutsche Sprache fast fehlerfrei beherrschte? Das sei eine lange Geschichte, hatte sie gesagt. So wenig ich mich bisher für anderer Menschen Schicksale interessiert hatte – diese Familiensaga wollte ich unbedingt hören.

Schließlich raffte ich mich auf, den Hund zu suchen. Ich nahm die kleine Pfeife mit, die ich mir unlängst gekauft habe, weil ich leider auf zwei Fingern keinen Ton herausbringe und lautes Rufen spätabends sicher als störend empfunden wird. Aber Cora war nirgends zu finden. Schließlich betrat ich die auch nachts beleuchtete Pflegestation und ging ein paar Schritte den Gang entlang. Eine Tür zur Linken war nur angelehnt, und ich wagte einen Blick in den dahinter liegenden Raum. Da stand doch tatsächlich Cora regungslos auf leicht zitternden Hinterbeinen, den schwarzen Kopf auf eine weiße Steppdecke gelegt. Im Bett lag der schöne alte Herr, in den ich mich fast verliebt hätte.

Er sah sehr verändert aus, viel kleiner geworden, zerbrechlich zart. Die wenigen Haare auf seinem Kopf hatten sich in einen daunenweichen Flaum verwandelt, die Nase war schmal geworden und leicht gebogen wie der Schnabel eines Vögelchens. Die vormals wässrigtrüben Augen blickten mich jedoch klar und erwartungsvoll an. Ohne nachzudenken, zog ich einen Stuhl heran, setzte mich und ergriff seine ruhelos suchende Hand. Er seufzte erleichtert und lächelte. Ich streichelte ihn ganz vorsichtig und brabbelte sinnlose zärtliche Worte, wie sie vielleicht eine junge Mutter zu ihrem Neugeborenen spricht. Da packte er plötzlich mein Handgelenk. Seine Finger waren zu Krallen geworden, die er fest und schmerzhaft in meinen Unterarm vergrub. Auf einmal entspannte er sich und ließ los. Ich sah, wie die Zunge seine Seele mit einem letzten tiefen Stöhnen aus dem halb geöffneten Mund schob. Dann war er tot.

Cora hatte alles genau verfolgt; sie sprang zu Boden und stellte sich schwanzwedelnd neben mir auf. Sie blickte mich aufmerksam an, ich tätschelte ihren struppigen Kopf. Dann erhob ich mich, um das Fenster zu öffnen. In diesem Augenblick kam Frau Joschko herein, die auf der Station wohl Nachtdienst hatte. Was, Sie hier? fragte sie überrascht. Wie schön für ihn, dass sie ihn begleitet haben; aber Ihnen hätte ich das, ehrlich gesagt, nicht zugetraut. Sie beugte sich über den Gestorbenen, hielt einen Spiegel vor seinen Mund, suchte den Puls, schüttelte den Kopf und sprach ein paar Worte in ihr Funktelefon. Dann nahm die Routine ihren Lauf.

Ich zog mich mit Cora eilends zurück. Obwohl ich nach dem Wechselbad der Gefühle, in das dieser Tag mich getaucht hatte, vollkommen erledigt war, konnte ich zunächst keine Ruhe finden. Ist das Schwergewicht seines Lebens jetzt in ein ewiges Jenseits verlegt? Oder in ein unendliches Nichts? Ich zündete die Kerze an, die von Wowas Geburtstag geblieben war, und legte das Verdi-Requiem auf. Requiem aeternam dona eo. Erst beim Agnus Dei wurde ich müde, löschte das Licht und schlief ein.

Achtunddreißig

Nach wenigen Sätzen war mir klar, dass Lenas Freundin eine professionelle Dolmetscherin war. Denn sie fügte keine eigenen Anmerkungen hinzu wie Lena sagt, sagt sie, meint sie oder ähnliches, sondern sie gab alles wortgetreu wieder wie ein Papagei und sprach infolgedessen immer in der ersten Person. Das irritierte mich zunächst ein wenig, weil ich ja nicht ihre, sondern Lenas Geschichte hören wollte; doch dann fiel mir ein, dass wir das damals in der Sprachenschule genau so gelernt hatten. Russisch war allerdings meine dritte Fremdsprache gewesen, und da kam ich nie so weit.

Wir lernten uns in einem Ferienlager kennen, sein Vater und ich, begann die Übersetzerin. Er war achtzehn, ich neunzehn Jahre jung. Wir hatten sehr viel Spaß miteinander, spielten Tischtennis, tanzten am Abend und tranken reichlich Kwas. Da ist es halt passiert. Ich war längst zurück im Technikum, als ich merkte, dass ich schwanger war, und er war wieder in seiner Landwirtschaftsschule im Süden, irgendwo in der Nähe von Barnaul. Ich schrieb ihm, dass er Vater würde, er war begeistert und wollte unbedingt sofort heiraten. Mitten im Studium ging das nicht, deshalb war ich schon im neunten Monat, als es schließlich so weit war. In einem Hotel in Nowosibirsk hatten wir einen Raum gemietet, in dem wir mit ein paar Freunden feiern konnten. Er war bald betrunken, und mir war schlecht.

Das Problem war, dass genau in dieser Zeit meine an Krebs erkrankte Mama starb. Normalerweise hätte sie als die mütterliche Großmutter schon bald nach der Niederkunft den Säugling übernommen. Das machten damals alle so, damit die jungen Leute studieren oder sonst beruflich weiterkommen konnten. Wer keine Babuschka hatte, gab sein Kind in eine Krippe. In unserem Fall war es die beste Lösung, dass seine Mutter dann das Baby zu sich nahm.

In eine völlig andere Welt. Denn seine Familie, das waren Wolgadeutsche. So viel ich weiß, waren sie unter Stalin aus ihrer Heimat vertrieben und nach Sibirien verschickt worden. Die Männer kamen zur Trudjarmija, der sogenannten Arbeitsarmee, also zur Zwangsarbeit in den Bergwerken, im Straßen- oder Gleisbau an der Eisenbahn. Sein Vater überlebte die Strapazen nicht. Die Frauen und Kinder wurden in Viehwaggons verladen und einfach irgendwo ausgesetzt. Dort mussten sie zusehen, wie sie weiter kamen.

Seine Mutter war die Tochter eines Apothekers und von Beruf Pädagogin; natürlich Lehrerin in deutscher Sprache. Mit den Händen gearbeitet hatte sie noch nie. Sie wurde auf dem Kolchos angestellt, und da sie nicht nur kräftig anpackte, sondern auch rechnen, planen und organisieren konnte, übertrug man ihr nach einigen Jahren schwerster körperlicher Arbeit leichtere Aufgaben in der Verwaltung des Betriebs. Als sie in Rente ging, genoss sie die Freiheit, sich ganz um unseren kleinen Wladimir zu kümmern. Sie nannte ihn Waldemar.

Ich sah den Jungen einmal im Jahr. Als er klein war, bekam ich regelmäßig einen Platz in der Mutter-Kind-Erholung zugewiesen, später erhielt ich Gutscheine für zwei Wochen in einem Hotel in Nowosibirsk. Ganz zu mir, in meine Wohnung, nehmen durfte ich ihn nie. Denn ich wohnte in einem Sperrgebiet, in dem geheime Forschung betrieben wurde, und als Mitarbeiterin in der Abteilung für Strahlenschutz war ich als Geheimnisträgerin eingestuft.

Vielleicht haben Sie schon einmal von diesem Ort gehört oder in der Zeitung gelesen: Akademgorodok, Akademikerstädtchen, nannte man die kleine Siedlung, die Ende der fünfziger Jahre als eine Art Denkfabrik der Sowjetunion gegründet wurde. Nichts und niemand sollte die Forscher dort bei ihrer Arbeit stören, und alles, aber auch wirklich alles war geheim.

Als die Sowjetunion zusammenbrach, war Akademgorodok längst keine Kleinstadt mehr, aber aus Moskau kamen keine weiteren Mittel, den Forschungsbetrieb aufrecht zu erhalten. Die Professoren meiner Abteilung liefen alle davon. Einige gingen in die Wirtschaft, andere an ausländische Universitäten. Minder qualifizierte Mitarbeiter wie ich blieben arbeitslos zurück.

Als ich nicht mehr weiter wusste, meldete sich zu meinem Staunen mein Mann. Ich hatte ihn nur noch selten gesehen, manchmal hatte er mir unseren Sohn gebracht. Aber wir waren noch immer verheiratet, jedenfalls auf dem Papier. Deshalb brauchte er jetzt meine Unterschrift, um den Jungen nach Deutschland mitnehmen zu können. Sein Aussiedlungsantrag war bewilligt worden, und die Ausreise stand unmittelbar bevor.

Ohne lange zu zaudern, bat ich ihn, doch bitte auch an mich zu denken, weil ich in Russland keine Zukunft sah. Überrascht zögerte er einen Augenblick. Willst du dir das nicht erst noch einmal überlegen? Für dich ist Deutschland eine fremde Welt, in der du niemanden kennst und die Sprache nicht sprichst. Ernähren kann ich dich dort nicht. Aber halt, Moment, wärst du vielleicht bereit, eine junge Kasachin, die schon länger bei uns lebt, als unsere Tochter anzuerkennen? Dann ließe sich über eine gemeinsame Aussiedlung reden. Anders kriege ich die nämlich nicht raus.

So kam es, dass wir alle hier gelandet sind. Wir kamen freiwillig hierher. Wir alle – bis auf Wladimir. Der wurde einfach mitgenommen, ob er wollte oder nicht. Und seither leben wir hier in dieser kleinen Wohnung zusammen oder, besser gesagt, nebeneinander her. Zu Wladimirs Unterhalt trägt der Vater bei, der sich nach Frankfurt abgesetzt hat und sich nur selten sehen lässt. Wie Aila ihren Lebensunterhalt bestreitet, haben Sie ja gesehen. Und dass ich putze, wissen Sie auch. Aber Ihre Frage, wo Wowa jetzt ist, kann ich leider nicht beantworten. So vertraut geworden, dass er mir seine Pläne verraten hätte, sind wir leider immer noch nicht. Aber ich habe da ein paar Papierchen gefunden, die uns vielleicht weiterhelfen. Sehen Sie selbst.

Neununddreißig

Natürlich hatte ich Tee gekocht und ein paar Kekse hingestellt, doch gemütlich wurde die Atmosphäre nicht. Ich kann nicht einmal sagen, woran das lag. Die Spannung stieg noch, als Frau Wagner ihre Handtasche öffnete und einige Papiere auf den Tisch legte. Das habe ich in Wladimirs Zimmer gefunden: Sie zog einen Briefwechsel mit dem Christlichen Verein Junger Männer in Hamburg, eine Quittung des YMCA über eine Visumsgebühr, eine Quittung des Einwohnermeldeamtes über eine Passgebühr, ein ungültig gestempeltes, also aufgelöstes Sparbuch mit zuletzt etwas mehr als 700 Euro und einen Flugplan der Luftbrücke-Touristik in Meerbusch bei Düsseldorf hervor.

Darin angeboten werden Flüge nach Astana, Aktjubinks, Almaty, Anapa, Aschchabad, Barnaul, Baku, Charkow, Bischkek, Dnepropetrowsk, Donezk, Dschambyl, Irkutsk, Jekaterinburg, Jerewan, Kaliningrad, Karaganda, Kokschetau, Kostanaj, Kiew, Kischinew, Krasnoyarsk, Krasnodar, Lwow, Moskau, Minsk, Min.Wody, Nishnewartowsk, Novosibirsk, Norilsk, Omsk, Orenburg, Odessa, Pawlodar, Rostov/Don, Perm, Riga, Semipalatinsk, Saratow, Samara, St.Petersburg, Tallin, Taschkent, Tbilissi, Tscheljabinsk, Ust-Kamenogorsk, Wolgagrad und Vilnius, jeweils mehrmals die Woche von Berlin, Düsseldorf,

Frankfurt, Hamburg, Hannover, Köln/Bonn, München, Nürnberg oder Stuttgart aus.

Leider hatte Wowa nichts angestrichen; aber Lena und ich sahen einander an und nickten ahnungsvoll. Nicht nur Nowosibirsk, sondern auch Barnaul war gleich dreimal wöchentlich dabei. Aber dass dieser Prospekt den Beweis lieferte für einen Massentourismus ganz eigener Art, das schien Lena für völlig selbstverständlich zu halten, während ich nur staunen konnte. Wie groß waren diese Flugzeuge? Wie viele Menschen reisten da unausgesetzt zwischen Deutschland und den vielen Zielen in der ehemaligen Sowjetunion hin und her? Waren sie von Heimweh getrieben oder besuchten sie Verwandte, die dort geblieben waren, zogen sie, enttäuscht von unserer Wirklichkeit, ganz dorthin zurück oder verbrachten sie nur ihre Ferien in der alten Heimat, weil das Leben dort billiger war? Gerne hätte ich Lena danach gefragt. Aber da hielt sie mir fragend einen kleinen, schon kaum mehr lesbaren Zeitungsausschnitt hin; eine Meldung aus Moskau, die aus einer deutschen Zeitung ausgeschnitten war:

Oma hortete 600 *Kilo Marihuana*

Moskau (dpa). Eine achtzig Jahre alte deutschstämmige Frau hat über Monate im Dorf Grischowka, Rayon Slawgorod bei Barnaul in Sibirien 600 *Kilogramm Marihuana in ihrer Vorratskammer im Kolchos gelagert. Außerdem seien noch zwei Kilogrammn gepresstes Haschisch in der Speisekammer der alten Dame gefunden worden, meldete die Nachrichtenagentur Interfax unter Berufung auf die Justizbehörden in Barnaul. Ob die Achtzigjährige wusste, um was für »Kräuter« es sich bei ihren Vorräten handelte, war zunächst unklar. Vermutlich war sie ahnungslos. Es wird angenommen, dass ihr Sohn, der vor einigen Monaten mit seiner Familie in die* BRD *ausgesiedelt ist, die aus*

Kasachstan stammenden Drogen heimlich bei seiner Mutter gelagert hatte. Er hatte angeblich geplant, zurückzukommen, sobald er im Besitz eines deutschen Reisepasses wäre, um dann auch seine Mutter nach Deutschland mitzunehmen. Bis zum Abschluss der Untersuchung dürfe sie jedoch das Land nicht verlassen, hieß es auf Nachfrage der Redaktion.

Babulja?, fragte ich staunend. Ja, das war vermutlich die Großmutter, die Wladimir großgezogen hatte. Plötzlich machte alles Sinn. Diese Babulja war der einzige Mensch in der Welt, dem Wowa wirklich nahe stand. Das würde auch erklären, warum er meine Nähe suchte und zu mir so zutraulich war. Aber sein großes Geheimnis, seinen Reiseplan, hatte er auch mir nicht anvertraut. Sicher hatte er Angst gehabt, dass etwas schiefgehen könnte, wenn er über sein Vorhaben sprach. Radi boga, bloß nichts verrufen! Wenn nur eine Kralle festgeklemmt ist, ist das ganze Vögelchen verloren, nicht wahr?

Wo ist sie jetzt? Im Gefängnis oder zu Hause? Das müssen Sie meinen Mann, ihren Sohn, fragen, der in Frankfurt seinen Geschäften nachgeht. Wo Sie den finden, kann ich Ihnen leider nicht sagen, denn entweder hat er keine feste Adresse oder ich kenne sie nur nicht. Aber hier ist seine Handynummer, unter der Sie ihn vielleicht erreichen können.

Plötzlich hatte ich es sehr eilig, meine Gäste loszuwerden. Ich bot der Übersetzerin ein Honorar an, aber sie wollte nichts nehmen. Man soll nicht hundert Rubel haben, sondern hundert Freunde, sagte sie. Ich setzte mich in meinen alten Sessel, atmete tief durch und drückte die Tasten meines Mobiltelefons. Sluschaju, knurrte es aus dem Gerät. Sind Sie Herr Wagner? fragte ich. Ja, was kann ich für Sie tun? Jetzt sprach er wie ein kundenorientierter Verkäufer in einem Supermarkt. Können Sie mir sagen, wo Wowa ist? Nein, leider keine Ahnung. Er wohnt bei seiner Mutter. Ich weiß, aber dort ist er nicht, er ist jetzt schon wochenlang spurlos verschwunden. Wir, das heißt Lena, Entschuldigung, Frau Wagner und ich, denken, dass er nach Hause geflogen ist. Zu seiner Großmutter. Um Gottes Willen, nein, das darf nicht sein! Hat denn niemand dem Jungen gesagt, dass die Alte schon vor einem Monat gestorben ist?

Mir fiel vor Schreck das Telefon aus der Hand. Wie ungeschickt von mir. So schnell ich konnte, hob ich es wieder auf. Hallo, Herr Wagner, sind Sie noch da? Ja, bitte. Ich habe noch eine Frage, die Sie vielleicht seltsam finden werden, die jedoch für mich äußerst wichtig ist. Na, schießen Sie los! Gibt es im Altai rote Kühe, die dreimal täglich gemolken werden? Ja, freilich gibt es die. Wir melken sie morgens und abends vor und nach dem Treiben. Und mittags fahren wir hinaus aufs Kollektivland und melken dort ein drittes Mal.

Vierzig

Sie geraten unter Zeitdruck, denn Sie haben jetzt viel zu tun. Teilen Sie Ihre Kräfte gut ein. Ihr Einsatz wird sich wirklich lohnen, denn eine besondere Partnerschaft rückt jetzt in den Vordergrund. Machen Sie zuerst eine Art Bestandsaufnahme. Was möchten Sie an Ihrem Leben ändern? Vieles wird sich verwirklichen lassen. Alte Wunden können heilen, und Sie verspüren große Harmonie.

Ja, ich bin glücklich, denn ich werde gebraucht. Vielleicht braucht jeder Mensch nur einen Menschen, der ihn braucht. Bevor ich aufbreche, sollte ich mir allerdings gründlich überlegen, unter welchem Kennwort ich sichern will, was ich auf diesem fabelhaften Laptop in den letzten Wochen niedergeschrieben habe: Mein Lieblingstier, den Geburtsnamen meiner Mutter, meinen Lieblingsfilm, mein Lieblingsbuch oder einfach den Namen meines Hundes, Cora? Nein, das muss ein Wort sein, das hier niemand kennt. BABULJA.

In der Außentasche ihres Elektromobils, das unter einer Plastikplane auf dem von ihr gemieteten Parkplatz stand, wurde folgender Merkzettel gefunden:

Was ich nicht vergessen darf

- *Mit Hamburg und Düsseldorf telefonieren – Expressvisum für Russland bestellen, Flugticket ab Ffm*
- *Mit Lena besprechen, ob sie für 150 € im Monat Cora nehmen kann –Vorauszahlung für zwei Monate in bar*
- *Mit Bank klären, auf welches Partnerinstitut Überweisung möglich – Kreditkarte oder Reiseschecks?*
- *Notar – Testament unterschreiben*
- *Seniorenheim schriftlich informieren, dass Apartment reserviert wird bis zu weiterer Benachrichtigung*
- *Orthopädische Werkstätten – Gehhilfe, Stützstrümpfe für den Flug*
- *Reiseapotheke*
- *Buchladen: Landkarten – Wörterbuch*
- *Mit Türkentaxi Fahrt zum Flughafen absprechen*
- *Abdeckplane für das Elektromobil*

Alle Punkte waren abgehakt. Mit der nächsten Postlieferung kam ihr Brief an die Verwaltung. Damit war alles klar.

Barbara Bongartz

Perlensamt

Martin Saunders, amerikanischer Kunsthistoriker in Berlin, lernt durch Zufall David Perlensamt kennen – einen eigenartig anziehenden, geheimnisvollen Menschen. Wenige Tage nach dieser Begegnung geschieht in Perlensamts Wohnung in der Fasanenstraße ein Mord. Fast zur selben Zeit wird im Auktionshaus, für das Saunders arbeitet, ein Courbet angeboten. Exakt das Bild, das Saunders in der Wohnung Perlensamts gesehen hat…
Perlensamt ist ein Kriminal- und Gesellschaftsroman, der das große Thema Raubkunst aufblättert – auf den Spuren bedeutender Werke und ihrer »Sammler« zwischen Berlin, Paris, New York.

»Ich bin ein begeisterter Leser dieses Buches. Perlensamt hat soviel Kraft, ich wünsche mir unbedingt eine Fortsetzung. Ein must für jeden Kunstliebhaber.« Dr. Dirk Boll, Christie's, Zürich

»Das Buch ist Krimi, Familiengeschichte und historischer Roman in einem. Ich bin ehrlich begeistert, großartig, Chapeau!«
Harald Klauhs, Die Presse, Wien

Roman
Geb., 320 Seiten
€ 19,80 (D)
www.weissbooks.com
www.barbarabongartz.de

weissbooks.w

Dorothea Razumovsky
Letzte Liebe

Konzept Design
Gottschalk+Ash Int'l

Umschlaggestaltung
Julia Borgwardt, borgwardt design
unter Verwendung eines Motivs von Corbis

Foto Dorothea Razumovsky

Druck und Bindung: CPI – Clausen & Bosse, Leck
Printed in Germany
Erste Auflage 2009
ISBN: 978-3-940888-44-0

weissbooks.com